O
N
S
W

Peter Härtling

Mit Clara sind wir sechs

Peter Härtling

Mit Clara sind wir sechs

Von den Scheurers, die sich alle Mühe geben, eine Familie zu sein

Roman für Kinder

Bilder von Peter Knorr

BELTZ & Gelberg

Peter Härtling, geboren 1933 in Chemnitz, lebt in Walldorf/Hessen. Er veröffentlichte Lyrik, Erzählungen, Romane, Essays. Neben anderen Literaturpreisen erhielt er den Deutschen Jugendbuchpreis (1976) und den Zürcher Kinderbuchpreis (1980). Im Programm Beltz & Gelberg sind bisher erschienen: *Das war der Hirbel, Oma, Theo haut ab, Ben liebt Anna, Sofie macht Geschichten, Alter John, Jakob hinter der blauen Tür, Krücke, Geschichten für Kinder, Fränze.*

Peter Knorr, geboren 1956 in München, studierte Kunsterziehung in Mainz, lebt als freischaffender Zeichner und Illustrator in Nierstein.

Einband und Vorsatzzeichnung von Peter Knorr
Gesamtherstellung Druckhaus Beltz, 6944 Hemsbach
Printed in Germany
ISBN 3 407 80081 9

Inhalt

Eine Veränderung kündigt sich an

Draußen auf dem Flur vermischt sich blechernes Scheppern mit wütendem Gemurmel.

Philipp, der an seinem Kugelschreiber kaut, hebt den Kopf, nickt. Es ist ihm klar, was eben passiert ist. Vater, gerade nach Hause gekommen, hat nicht aufgepaßt und ist mit dem Kopf gegen die Lampe vor dem Spiegel gerannt. Das geschieht immer, wenn er in Gedanken oder sehr müde ist. Da läßt man ihn am besten mit sich und seiner Wut über die Lampe allein. Jedesmal schwört er, das baumelnde Miststück von der Decke zu reißen.

»Stefan?« Mutter ruft ganz leise. Im Grunde macht sie sich bloß bemerkbar.

»Jaja«, ächzt er, »gleich«. Für die nächste halbe Stunde verschwindet er in sein Zimmer.

Es ist wieder still.

Philipp hört seine Zähne an dem Kuli mahlen. Es gelingt ihm nicht, sich auf die Englischvokabeln zu konzentrieren. Vaters Getöse hat ihn gestört. Er klappt das Vokabelheft zu und lehnt sich zurück. Wenn Mutter ihn so sähe, würde sie sich gleich aufregen. »Nicht mal fünf Minuten lang kannst du bei einer Sache bleiben«, würde sie klagen.

Philipp macht die Augen zu und sieht, was er sehen will. Sein Privatkino ist unerschöpflich. Manchmal geht's abenteuerlich zu, manchmal friedlich. Meistens steht er im Mittelpunkt. Heute ist er einer von fünfen. Was er sich vorstellt, kennt er nur allzugut. In Gedanken nimmt er einfach das Dach vom Haus. Wie den Deckel vom Topf. Weil er den Inhalt kennt, guckt er ganz entspannt hinein – in das Haus, in das sie vor Jahren eingezogen sind. Es ist eine Art flache Schuhschachtel, in der jeder von ihnen, von den Scheurers, genug Platz hat. Vater nennt das Haus eine Bruchbude. Weil dauernd etwas zusammenbricht, einkracht, reißt, kaputtgeht. »Alt gekauft hält jung«, sagt er manchmal und lacht.

Philipp weiß, was Vater im Moment tut, und sieht ihm mit geschlossenen Augen zu.

Vater hat sich an den Tisch am Fenster gesetzt, auf dem sein Schreibcomputer steht. Wahrscheinlich hat er das Radio eingeschaltet, das leise vor sich hin dudelt, bis Nachrichten kommen. Sitzt da und stützt seinen Kopf in die Hände.

Vater kann von seinem Zimmer aus ins Schlafzimmer gehen, weiter ins Bad, das allerdings auch eine Tür zum Flur hat.

Im Bad könnte er Mama und Therese finden. Philipps Gedanken transportieren beide gleich hin. Mutter kämmt Therese die Haare. Davon kann die gar nicht genug kriegen. Therese hat lange, blonde Haare, aus denen sich ein dicker Zopf flechten läßt.

Therese ist knapp ein Jahr jünger als er. Er mag sie aber nicht immer. Wenn sie knatscht und ihren Launen nachgibt, ist sie unausstehlich. Vater behauptet, daß sie sich in einem solchen Zustand grün färbt. Auf alle Fälle wird ihre Ausdrucksweise grün. »Laß mich bloß in Früden, Phülüpp!«

Wenn sie so droht, geht er in volle Deckung.

»Philipp!« ruft es draußen über den Flur. Wie kann Mutter nach ihm rufen, wenn sie der Therese im Badezimmer grade einen Zopf flicht?

»Philipp! hörst du nicht?«

Er schüttelt sich, steht auf. Gerade jetzt! Ihm war die Mutter im Kopfkino viel lieber als die wirkliche vor der Tür.

»Ja«, antwortet er, nicht besonders laut. Was zur Folge hat, daß nun auch Vater schreit: »Philipp!«

Und Paul: »Philipp!«

Und Therese: »Phülüpp!«

Er hat nur ein bißchen zu lange gezögert, und schon dieser vierstimmige Krawall.

Mit einem Satz ist er an der Tür, reißt sie auf und antwortet aus Leibeskräften: »Ich bin ja da!«

Zu seiner Verblüffung hat er Erfolg. Mutter und Paul treten in den Flur. Mutter wischt sich die Hände ab. Sie ist also tatsächlich im Bad gewesen, doch ohne Therese.

Einen Augenblick starren sie sich wortlos an. Als Vater ebenfalls auftaucht, beginnen sie alle, außer Vater, zu lachen.

Vater verzieht in gespieltem Schmerz das Gesicht. »Könnt ihr euch nicht ...!«

Weiter kommt er nicht. »Nein!« Mutter schüttelt heftig den Kopf. »Nein, wir können uns nicht benehmen, ordentlich verhalten, zusammenreißen! Das würdest du sowieso nicht aushalten.«

Jetzt hat sich auch Therese eingestellt. Die Neugier läßt ihr keine Ruhe.

»Da wären wir ja alle!« Vater lehnt sich gegen den Türrahmen. Sein Blick wandert von einem zum andern. Plötzlich legt er den Finger auf die Lippen. »Seid doch mal alle still!«

Philipp hält den Atem an.

Der kleine Paul preßt die Lippen zusammen und runzelt vor lauter Anstrengung die Stirn.

Sie lauschen.

Vater legt die Hand hinters Ohr. »Jaja«, sagt er leise. »Ich wollte nur mal das Geklapper der lockeren Schrauben hören.«

»So was hab ich mir gedacht.« Mutter ist mit zwei Schritten bei Vater und rammt ihren Kopf gegen seine Brust. Das kann sie. Ohne Anstrengung. Sie ist anderthalb Köpfe kleiner als Vater.

»Hörst du noch was?« fragt sie.

Er hebt die Arme, gibt nach, gibt auf: »Nein! Nichts! Und wenn ...«

»Und wenn?« Mutter steht gespannt wie eine Feder vor ihm.

Vater spielt den Eingeschüchterten. »Wenn, würde ich es auf keinen Fall zugeben. Damit du mich nicht noch mal rammst.«

Mutter macht auf dem Absatz kehrt und will in die Küche verschwinden. »Ihr könnt den Tisch decken. In ein paar Minuten gibt's Abendessen.«

»Stopp!« Vaters Einspruch läßt sie anhalten.

Vater lächelt. »Der Zufall will es, daß wir uns hier auf dem Gang treffen. Diese Gelegenheit will ich mir nicht entgehen lassen. Im Wohnzimmer wäre es zu feierlich. Und beim Essen könntet ihr euch verschlucken.«

Mutter verschränkt die Arme vor der Brust. »Mach's nicht zu spannend.«

»Ist was mit mir?« fragt Therese.

»Kriegen wir was?« fragt Paul.

Philipp wartet ab.

»Also, ich will euch nicht auf die Folter spannen. Paul ist mal wieder auf der richtigen Spur. Ja, wir kriegen was. Wir alle.«

Mutter scheint mit dieser Einleitung ebensowenig zufrieden zu sein wie mit dem Ort der Unterhaltung. »Also, ich weiß nicht, Stefan. Wir sollten doch ins Wohnzimmer gehen oder die Sache verschieben.«

Womit sie Vater erst recht in Fahrt bringt. »Nö. Sag du's mal den Kindern, Lene.«

»Ich?«

»Ja, du!«

Mutter legt die Hände an die Backen, so daß ihr Gesicht wie eingerahmt aussieht. Das macht sie immer, wenn sie ein bißchen verlegen ist. Sie sagt: »Ich bekomme ein Kind. Ihr kriegt eine Schwester oder einen Bruder. Das wär's schon.« Erleichtert nimmt sie die Hände von den Backen.

Es dauert eine Weile, bis Philipp begreift, was er gehört hat.

Therese scheint es wie ihm zu gehen.

Paul ist fixer. Er hüpft um Mutter herum wie ein aufgezogenes Männlein, reißt immer wieder die Arme hoch, ruft: »Ein Geschwisten, ein Geschwisten.«

Bis es Therese zu bunt wird. »Das heißt Geschwüster!«

Paul ist das ziemlich egal. Er drückt sich an Mutter, klammert sich fest, macht sich klein.

»Da hast du's«, sagt Vater.

Was? will Philipp fragen. Er läßt es lieber bleiben. Vaters Anspielungen nerven ihn. Eine Schwester, denkt er, oder ein Bruder! Erst jetzt merkt er, daß Therese sich neben ihn gestellt hat. Er spürt ihren Arm an seinem. Ihr scheint so komisch zumute zu sein wie ihm.

»Ich hab Hunger«, sagt Therese.

»Ich auch«, stimmt Mutter zu.

Doch Vater will noch etwas loswerden. »Ein Momentchen! Gleich bekommt ihr etwas zu futtern. Es ist euch wohl allen klar, daß es in unserer schönen Schuhschachtel nun enger wird, sobald das Baby da ist. Darum muß Philipp den Paul in sein Zimmer aufnehmen.«

Philipp glaubt nicht richtig zu hören. Paul in seinem Zimmer! Paul, der unaufhörlich in Bewegung ist, ständig vor sich hin quatscht. »Däd ...«

»Ich weiß, Philipp. Wenn ich nicht zu Hause arbeite, kannst du dich in meinem Zimmer aufhalten. Allerdings mußt du mir versprechen, nicht deinen ganzen Trödel dort auszubreiten.«

Philipp zögert. Er zieht die Schultern hoch. Zusammen mit Therese läuft er in die Küche, um den Tisch zu decken. Den Tellerstapel in den Händen, hält er am Fenster an. Der Nußbaum im Garten steht schwarz und ohne Laub im Regen. Philipp denkt: Der Baum friert. Eigentlich sollte es im Januar schneien. Däd meint, vielleicht schneit es in den kommenden Jahren überhaupt nicht mehr.

Alle sitzen schon um den Tisch, bis auf Philipp.

»Ich bekomme ein Kind.«

»Bring die Teller«, bittet die Mutter.

»Wann kommt das Baby?« fragt Philipp.

»Ende Mai.« Nach einer kleinen Pause fügt Mutter hinzu: »Wenn alles gutgeht.«

Ein Satz für den Anfang

Paul bereitet sich mit einem riesigen Aufwand auf den Schulgang vor. Das tut er so seit Herbst, seit er zur Schule geht. Da ihn die Furcht plagt, daß etwas in dem Ranzen fehlen könnte, schüttet er ihn jeden Morgen auf dem Küchentisch aus. Anfangs tat er das ohne Rücksicht auf Tassen und Kannen. Und es störte ihn auch nicht, ob seine Fibel in der Milch schwamm. Hauptsache, das Buch fehlte nicht im Ranzen.

Mutter hat den Kampf gegen diesen kleinen Wahnsinn längst aufgegeben. Pauls Küchentischaktion ist sowieso nur möglich, weil er als letzter aus dem Haus geht.

Philipp hat mit seinem Morgenkopf zu tun. Er steht schwer auf und bleibt eine Weile dußlig. Therese nutzt das ab und zu aus, wenn sie ihm etwas aufschwatzen oder abluchsen möchte.

»Kann Däd uns mitnehmen?« fragt Philipp aus dem Bad.

Doch der ist früher fort als sonst. »Er hat sich mit irgendeinem dieser Wichtigtuer bei der Zeitung verabredet.«

Wenn Mutter über Leute spricht, mit denen Däd als Zeitungsmann zusammenkommt, kriegt sie manchmal so einen scharfen Ton.

Mutter schiebt einen nach dem andern aus der Haustür. »Schüttelt aber vor der Schule die Tropfen von euren Jakken, dann nässen sie nicht so durch«.

»Ja.«

Paul ist schon auf Tour und sieht und hört nur das, was

ihn beschäftigt. Therese ärgert sich manchmal darüber. Der mit seinem dicken Kopf, denkt sie.

Paul rennt in den Schneeregen hinaus und brüllt aus vollen Lungen, was alle verdrießt: »Es schneit und regnet!«

An diesem Tag muß Philipp in Deutsch einen Aufsatz schreiben. Davor ängstigt er sich nicht. Schlechte Noten hat er noch nie bekommen, nur ein paarmal sei seine Phantasie mit ihm durchgegangen, hat seine Lehrerin behauptet.

Bis zur U-Bahn müssen er und Therese zehn Minuten gehen. Dann fahren sie ein paar Stationen und kommen direkt vor ihrer Schule die Treppen hoch.

Therese läßt ihn während der Fahrt in Ruhe. Sie guckt die Leute an und fragt sich, was für einen Beruf sie wohl haben und wohin sie fahren. Das hat sie von Vater gelernt. Der mag solche Gedankenspiele.

Dieses Mal fängt Philipp gegen seine Gewohnheit an zu reden. »Du, seit Mama uns das von dem Baby erzählt hat, komme ich mir irgendwie anders vor.«

Verblüfft mustert ihn Therese von der Seite. »Wie anders? Das Baby ist doch noch gar nicht da.«

Philipp verzieht das Gesicht. »Eben anders. Das Baby ist noch nicht da und doch schon da.«

»In Mamas Bauch«, sagt Therese.

»Jetzt weiß ich's.« Philipp atmet erleichtert auf. »Das kommt vom Warten. Dadurch ist das Baby schon ein bißchen da.«

Sie rennen die Treppen der U-Bahnstation hinauf, schon mit anderen Kindern. Therese schnappt nach den dicken nassen Flocken, und Philipp läuft ihr voraus.

Immer wieder werden sie gefragt, ob sie Zwillinge seien. Sie haben beide den gleichen schmalen Kopf. Nach Vaters Ansicht Pferdeköppe. Beide haben sie graue Augen und struppiges, drahtiges, blondes Haar.

Philipp legt Wert darauf, genau ein Jahr älter zu sein als Therese. Manchmal jedoch, wenn sie sich gut verstehen und miteinander albern, denkt vor allem Therese, daß sie eigentlich doch Zwillinge sein könnten.

Vor dem Musiksaal trennen sie sich. Thereses Schultag beginnt mit Musik. Philipps mit Erdkunde. Nach der großen Pause hat er Deutsch, zwei Stunden Zeit für den Aufsatz.

Das Baby. Es ärgert ihn, daß er mit den Gedanken nicht loskommt von jemandem, der noch gar nicht da ist. Anstatt aufzupassen, fragt er sich, wie das Baby heißen soll, ob es ein Mädchen oder ein Junge ist. Ob Däd oder Mama schon Namen wissen? Bestimmt haben sie schon darüber nachgedacht.

Bevor Frau Braumüller das Aufsatzthema an die Tafel schreibt, fragt sie in die Klasse, ob alle mit halbwegs klarem Kopf an Bord seien.

Die besondere Nachricht, schreibt sie dann an die Tafel. Und darunter, etwas kleiner: *Erfunden oder wahr oder halb wahr*. Da ihr die schriftlichen Erläuterungen anscheinend nicht genügen, wendet sie sich noch einmal an die Klasse: »Ich möchte, daß ihr etwas beschreibt, erzählt, was euch besonders vorkommt, was nicht alltäglich ist. Verstanden?«

Ein paar, es sind immer dieselben, haben eine lange Leitung und möchten weitere Erläuterungen.

Frau Braumüller winkt ab. »Fangt an! Sonst verliert ihr Zeit. Denkt an das Besondere.«

Philipp muß sie nicht mehr auffordern. Er hat ja gerade was Besonderes erfahren. Ganz frisch. Er zückt den Füller, will von dem Baby erzählen, ist in Gedanken toll in Schwung – doch wie soll er beginnen?

»Nun, Philipp?« Frau Braumüller steht neben ihm und blickt auf das leere Blatt. »Fällt dir überhaupt nichts Besonderes ein?«

»Doch, doch.«

»Dann fang an.«

»Das ist es ja. Ich brauche einen Satz für den Anfang.«

»Schreib den doch einfach.«

»Welchen?«

»Schreib einfach: Ich brauche einen Satz für den Anfang.«

»Ach so.« Verblüfft schaut er zu ihr hoch.

Sie zwinkert ihm aufmunternd zu. Dann geht sie zur nächsten Reihe weiter.

Wie um einen zweiten Anlauf zu nehmen, schreibt er seinen Namen in die rechte, obere Ecke:

Philipp Scheurer

Danach, ohne zu zögern, die Überschrift:

Mamas besondere Nachricht

Ich brauche einen Satz für den Anfang, weil ich nicht mit dem Satz anfangen kann, den Mama uns gesagt hat. Dann wäre die Geschichte nicht mehr so spannend. Jetzt höre ich mit dem Anfang auf und fange richtig an.

Ich bin Philipp Scheurer und wohne in der Brückenstraße in Bornheim. In einer großen Schuhschachtel. Das behauptet mein Vater, den wir Däd nennen. Ich habe nämlich noch zwei Geschwister. Therese geht in die fünfte Klasse. Sie ist also ein Jahr jünger wie ich. Paul ist noch nicht sieben. Er ist im Herbst in die Schule gekommen. Paul ist manchmal ziemlich verrückt. Trotzdem kann ich hier nichts von ihm erzählen.

Mutter heißt in der Familie Mama. Sie hat einen Beruf, wie Däd auch. Bloß kann sie als Bibliothekarin nicht arbeiten, weil wir jetzt ihr Beruf sind. So sagt sie. Wenn wir aus dem Gröbsten raus sind, sagt sie, geht sie wieder zu den Büchern. Was sie mit dem Gröbsten meint, weiß ich nicht genau. Grob sind wir nie. Vor allem zu Mama nicht. Eher schon zu Däd. Der kann das aber aushalten.

Was Däd von Beruf ist, habe ich vergessen zu sagen. Er arbeitet bei einer Zeitung, wo er Artikel schreibt. Vor allem über Polidik. Über die muß er sich manchmal so aufregen, daß er sehr spät nach Hause kommt.

Nun sind wir alle bekannt, und ich kann die besondere Nachricht bringen. Wir wissen sie seit gestern. Von Mama. Däd hat sie verkünden wollen, aber es ist ja Mamas Sache. Sie hat uns gesagt: »Hört mal her! Ich bekomme ein Baby.« Es kann auch sein, daß sie gesagt hat: »Wir bekommen ein Baby.« Was aber nicht ganz stimmt. Denn sie bekommt es. Und die Familie hat es dann.

Wenn das keine besondere Nachricht ist! Wir waren ungeheuer aufgeregt. Der Paul hat nichts geschnallt. Er hat immer wieder gefragt: »Warum kriegt die Mama ein Baby?«

Däd hat erklärt, das Baby kommt Ende Mai. Das ist noch lange. Aber auch nicht. Irgendwie gibt es das Baby schon. Wir wissen nicht, was es wird, ein Mädchen oder ein Junge. Was Mama egal ist und Däd auch. Paul hätte lieber eine Schwester. Ich weiß nicht, was ich lieber hätte. Die Therese meint, daß es vielleicht Zwillinge sind. Mama sagt, wenn das so ist, kriegt sie Ohrensausen. Warum, hat sie nicht gesagt.

Das ist meine besondere Nachricht. Ich wiederhole: Ich kriege einen Bruder oder eine Schwester. Im Mai.

Philipp hält genau das für einen gelungenen Schluß.

Er lehnt sich zurück, drückt den Füller zu und macht damit Frau Braumüller auf sich aufmerksam. Sie kommt zu ihm, fragt leise, um die anderen, die noch in ihre Arbeit vertieft sind, nicht zu stören: »Willst du den Aufsatz nicht noch einmal durchlesen?«

Er schüttelt den Kopf. Sie zieht die drei Blätter vom Tisch. »Gut«, sagt sie, »dann kannst du gehen. Mach bitte keinen Krach auf dem Gang.«

Draußen fällt ihm ein, daß er Politik wahrscheinlich falsch geschrieben hat, mit »d«.

Frau Braumüller hat dann noch ein paar Fehler mehr gefunden. *Wenn dein Vater sich schon so heftig über Politik ärgern muß, solltest du wissen, wie man sie schreibt: mit »t«!* Vor allem jedoch rügt sie das falsche »wie«. *Es heißt nicht: ein Jahr jünger wie ich, sondern als ich. Schlag in der Grammatik nach!*

Die Beurteilung, die Frau Braumüller darunter geschrieben hat, gefällt Philipp. Er liest sie zuerst Therese, danach Mutter laut vor: »Du hast das Glück, tatsächlich eine besondere Nachricht mitteilen zu können. Das gelingt dir sehr anschaulich und spannend.«

Mutter hält Frau Braumüller für allzu freundlich. Und seinen Aufsatz für zu privat.

Däd findet das überhaupt nicht. »Welche besondere Nachricht hätte Philipp denn sonst einfallen können? Die und keine andere!«

»Wer ist die?« fragt Paul.

Vater sieht ihn erst zweifelnd, dann verzweifelt an. Er gibt ihm keine Antwort.

Paul wartet einen Augenblick, und jeder kann erkennen, daß es in seinem Kopf mächtig arbeitet: »Sag doch, Däd. Wer ist die?«

Vater faltet die Hände, blickt Paul in die Augen. Es sind besonders große, besonders runde und besonders helle Augen. Wort für Wort spricht er mit starker Betonung: »Die ist die besondere Nachricht.«

Pauls Mund öffnet sich langsam und schließt sich ebenso langsam wieder.

»Nun«, fragt Vater, »kapiert?«

»Warum die besondere Nachricht?« fragt Paul.

Vater verläßt fluchtartig das Zimmer.

»Was hat er?« fragt Paul in die Runde.

Therese ist mit ihrer Antwort am schnellsten: »Du bist ihm einfach zu blöd.«

»Ich?« fragt Paul und staunt über sich selber. Was Mama wiederum so entzückt, daß sie ihn in die Arme nimmt.

Umzug auf Probe

Keiner in der Familie redet soviel wie Paul. Paul redet mit sich selber, mit den Geschwistern und Eltern, redet mit Leuten, die ihm zufällig über den Weg laufen, redet mit seinem Stoffelefanten, mit Legotürmen und mit der Badewanne. Oft ist seine Rede schwer verständlich. Ist dies wieder mal der Fall, zieht er ein besonders ernsthaftes, angestrengtes Gesicht.

Seit er weiß, daß er zu Philipp ziehen und das wenigstens für eine Nacht ausprobiert werden soll, beschäftigt er alle und alles mit dieser Neuigkeit.

Die Redewut hat Paul übrigens auch seinen Spitznamen eingetragen. Er ist der einzige in der Familie, der einen besitzt. Bis auf Mutter rufen ihn alle Dök. Das ist die Abkürzung von Dökterchen. So hat ihn Vater einmal genannt, als er vor lauter Quatschen gar nicht mehr zum Luftholen kam. »Ist schon gut, Paul, manchmal kommst du mir vor wie ein kleiner Gelehrter, wie ein Dökterchen.«

So wurde er zum Dök. Er hat sich daran gewöhnt und hört auf Dök rascher als auf Paul.

Therese schert sich als einzige nicht um Pauls Redefluß. Sie redet einfach mit und rein. Es ist ihr gleichgültig, was Paul versteht, was nicht. Will sie ihm tatsächlich etwas sagen, so brüllt sie: »Dök!« Worauf er erschrickt und seinen Redefluß stoppt.

Mutter behauptet, Dök plappere selbst im Schlaf.

In der Küche fühlen sie sich wohl. Im Winter gleicht sie

einer warmen Höhle. Philipp mag es, wenn die rot-weiß karierten Vorhänge zugezogen sind. Im Sommer steht die Tür zum Garten auf. Dann ist die Küche eine wunderbar luftige Zuflucht.

Mutter pendelt zwischen Eßtisch und Herd und verfolgt nebenher, wie Paul die Kompottschüsseln aufträgt.

Philipp hat längst bemerkt, daß sie sich über etwas ärgert. Nun läßt sie es raus.

»Däd kommt heute nicht nach Hause«, sagt sie. »Er muß verreisen. Plötzlich. Wegen irgendeinem dieser aufgeblasenen Wichtigtuer, der sich für den Kaiser von China hält.«

Hier in der Küche hat Philipp Zeit, Mutter zum ersten Mal, seit sie von dem Baby gesprochen hat, genau zu mustern. Merkwürdig, daß ihm ihr dicker Bauch bis jetzt nicht aufgefallen ist. Er liegt, wenn sie sitzt, so richtig auf den Oberschenkeln. Im Gesicht hat Mutter sich nicht verändert. Oder beinahe nicht, denkt er. Unter den Augen ziehen sich dunkle Ränder, als wäre sie ein bißchen mehr müde als sonst.

Therese hat ihren Stuhl neben den von Mutter geschoben und ihre Hand auf den runden, großen Bauch gelegt.

Erschrocken zieht sie die Hand weg. »Da klopft ja was dagegen. Wirklich!«

Mutter lacht, nimmt Thereses Hand und preßt sie wieder an den Bauch. »Das ist das Baby. Es geht spazieren. Auf der Stelle. Wie Jonas im Bauch des Walfischs.« Mutter lacht.

»Ich will auch!« Thereses Entdeckung läßt Paul keine

Ruhe. »Ich möchte fühlen!« Energisch drückt er Therese zur Seite.

Mutter gelingt es eben noch, seine nach vorn schießende Faust abzufangen. »Sachte, Paul!«

»Du blöder Dök!« Therese reißt an seinem Arm.

Philipp ist sicher, daß Paul gleich losheult. Doch irgendein Zauber geht von Mutters rundem Bauch aus: Paul gibt sofort nach.

»Sachte, hab ich gesagt!«

Paul legt nun seine dreckige kleine Hand ganz vorsichtig auf Mutters Bauch. Mit offenem Mund und geschlossenen Augen wartet er das Wunder ab. Er muß sich nicht lang gedulden.

»Hops!« schreit er. Und noch einmal: »Hops!«

Dann fängt er sofort an zu reden: »Der ist in Mamas Bauch. Der rennt rum. Wie Jonas, hat Mama gesagt. Ihr Bauch ist ein Walfisch. Oder so was Ähnliches. Die Geschichte steht auch in dem Buch von Therese, wo einer vom Schiff runterfällt, so ein kleiner Mann. Nicht so groß wie ich. Viel kleiner. Der kann nicht schwimmen. Gleich wird er ertrinken. Aber das merkt der Wal. Der kommt dahergeschwommen, reißt sein riesiges Maul auf und schluckt Jonas hinunter. Der Jonas in dem Bauch sieht überhaupt nichts. Bis er in die Mitte von dem Wal kommt. Da gibt es ein richtiges Zimmer im Bauch, mit Lampen und einem Tisch.«

Paul sitzt inzwischen allein am Tisch. Die andern räumen ab, stellen das Geschirr in die Spülmaschine. Niemand hört ihm mehr zu. Bis auf Therese. »Tisch und Lampe im Bauch!« empört sie sich. »Du hast ja einen Knall!«

»Hops!«

Wer weiß ... Mutter lächelt und schiebt Paul vor sich her, wie einen störrischen Esel zwischen Schlaf und Wachen.

»Philipp, bleib bitte in der Nähe«, ruft sie. »Du mußt mir gleich helfen, Pauls Bett in dein Zimmer zu tragen. Nur für eine Nacht«, setzt sie beruhigend hinzu. Sie merkt, daß Philipp aufbegehren will.

»Nachher«, bittet Philipp.

»Gut, ein bißchen später.«

Philipp geht ins Wohnzimmer, schaltet den Fernsehapparat an, setzt sich davor und sieht doch nichts. Die Aussicht, mit Paul das Zimmer teilen zu müssen, macht ihn geradezu blind.

Mutter läßt nicht locker. Sie lugt durch die halbgeöffnete Tür. »Komm mal, Philipp. An deiner Stelle würd ich dafür sorgen, daß Paul nicht dein ganzes Zimmer besetzt. Seine Elefanten vermehren sich auf wundersame Weise. Sogar auf deinem Bett ...«

Weiter kommt sie nicht. »Nein!« Philipp rennt an ihr vorbei in sein Zimmer.

Paul ist es in kürzester Zeit gelungen, die Bude auf den Kopf zu stellen. Philipp kann gar nicht rein. Das niedrige Regal, in dem er Bücher und Spiele aufbewahrt, hat Paul wie eine Theke in die offene Tür geschoben. Dahinter, in ihrem Schutz, macht er sich zu schaffen.

Im Augenblick unterhält er sich mit dem formlosen, handgroßen Elefanten, dem er den Namen Fantomor gegeben hat. »Da, guck! Da kommt unser Bett hin, Fantomor. Das ist unser Zimmer. Da drüben, weit weg, wohnt der Philipp.«

»Wo wohn ich?« Philipps Verzweiflungsschrei ruft Mutter und Therese auf den Plan.

Mutter starrt gebannt in das Zimmer und macht sich erst nach einer Weile Luft: »Donnerwetter. Das, das, das hab ich nicht erwartet.«

Therese verschwindet. »Therese?« fragt Mutter und greift neben sich.

»Die ist verduftet.« Philipp pocht mit der Faust auf die Theke. »Die hat ja auch ein Zimmer für sich, die Therese.«

»Philipp!« Mutter streichelt mit der Hand seinen Nakken.

Vor ein paar Minuten hätte er das noch genossen. Jetzt nicht. Er schüttelt den Kopf, macht einen Schritt zur Seite, tritt mit dem Fuß gegen das Regal. »He, Dök! Mama und ich bringen dein Bett. Nur kommen wir so nicht rein. Du mußt das Ding schon zur Seite rücken.«

Mit rot angelaufenem Kopf stemmt Paul sich gegen das Regal. Allmählich setzt es sich in Bewegung.

Als Philipp und Mutter, das Bett zwischen sich, zurückkommen, hat Paul es geschafft. Der Weg ist frei. Übrig bleiben kleine Hindernisse. Zum Beispiel ein Kugelschreiber auf dem Boden, der Mutter fast zu Fall bringt. Oder die Hälfte eines Bahnhofs aus Pappe, den Philipp nicht flach tritt, obwohl er dazu große Lust hätte. »Ach, Paul!«

Sie schieben Pauls Bett an die Wand. Zwischen den beiden Betten bleibt Platz für das kleine Arbeitstischchen am Fenster. Pauls Pult soll, so haben sie es geplant, neben der Tür stehen.

»Paul hält sich sowieso fast nie in seinem Zimmer auf«, tröstet Mutter.

Das stimmt. Er treibt sich herum. Wenn er für sich sein will, verzieht er sich in den Flur oder schließt sich im Badezimmer ein.

Zu dritt räumen sie auf, räumen sie um.

Paul schafft mit großer Lust immer neue Strudel von Unordnung.

Schließlich hat Mutter es satt. »Jetzt reicht's! Geh dich waschen, Paul.«

»Und Philipp?« Paul bleibt vor Philipp stehen, steckt, wie immer wenn er geschafft ist, den Daumen in den Mund.

»Philipp geht heute ein bißchen später schlafen«, erklärt Mutter. Paul trollt sich.

Mutter läßt die Rolläden herunter, guckt sich im Zimmer um, seufzt. »Ich geb ja zu, Philipp, das Zimmer ist für euch beide sehr eng. Und Paul ist sicher kein einfacher Schlafgenosse. Aber ihr mögt euch doch. Und wenn wir sechs sind, müssen wir uns halt einschränken. Ein Goldesel, ein Dukatenscheißer steht nicht in unserem Stall!«

Philipp hat keine Lust, über Geld zu reden. Manchmal kriegen Mama und Däd fürchterlich Krach. Fast immer geht es ums Geld. Wenn Mama auch jedesmal erklärt, über Geld streite sie nicht, legt sie dann doch los, daß die Fetzen nur so fliegen.

Paul hat die Schlafanzugjacke verkehrt herum an, als er aus dem Bad kommt. Mutter hilft ihm, sie umzudrehen.

»Ist doch egal«, findet Paul.

Selbst Therese schaut noch nach ihm, ehe Mutter das Licht löscht. Sie zieht die Tür behutsam hinter sich zu.

Zu dritt stehen sie im Flur, halten den Atem an und lauschen. Paul redet und redet. »Der quatscht sich in den Schlaf, wie immer.«

Philipp und Therese schauen noch eine Zeitlang Fernsehen, während Mutter in der Küche mit ihrer Freundin Gisela telefoniert. Das tut sie häufig und ausdauernd.

Therese verschwindet in ihrem Zimmer.

»Du hast es gut«, ruft Philipp ihr nach.

Auf Zehenspitzen geht er über den Flur, legt den Kopf gegen die Tür seiner Bude und lauscht. Nichts ist zu hören. Kein Tönchen. Paul ist anscheinend mitten in der Rede eingeschlafen.

Philipp zieht sich im Bad aus, macht in seinem Zimmer kein Licht, tastet sich zum Bett, ohne gegen irgendwas zu stoßen und zu lärmen. Er horcht in die Dunkelheit. Paul gibt Tönchen von sich. Da er sie regelmäßig ausstößt, schläft Philipp bald ein.

Bis ihn ein Heulen aus dem Schlaf reißt, das ihn in seiner Not und Schrecklichkeit derart entsetzt und verwirrt, daß er erst einmal den Lichtschalter nicht findet. Anstatt aus dem Bett zu hüpfen, drückt er sich an die Wand. Er hat schlicht und einfach vergessen, daß Paul für diese Nacht sein Gast ist. Ihm ist selber zum Heulen. Endlich findet er sich zurecht. Er tastet nach dem Knöpfchen der Nachttischlampe.

Paul sitzt im Bett, die Arme an den Oberkörper gepreßt, der wiederum steif wie ein Brett scheint. Seine Augen sind geschlossen. Anscheinend schläft er. Doch sein Gesicht ist von Angst verzerrt, und er brüllt unausgesetzt weiter.

»Was hast du denn?« Philipp steht so vorsichtig auf, als könnte eine falsche Bewegung den kleinen Bruder zu Tode erschrecken. Fast ist er schon bei ihm, da wird die Tür aufgerissen, und Mutter stürzt herein.

»Paul!« Sie reißt ihn in die Arme und drückt den schwitzenden Kopf an ihre Brust.

Das Gebrüll bricht ab, als wüßte Mutter, wo Dök den Schalter hat.

»Ich muß mal«, sagt Paul. Mutter trägt ihn aufs Klo, bringt ihn nach einer Weile zurück.

Mutter wundert sich, daß Therese nicht aufgetaucht ist.

Paul liegt schon wieder, hat den Daumen zwischen die Lippen geschoben. Oft haben sich Therese und Philipp über ihn lustig gemacht, daß er mit sieben Jahren noch Daumen lutscht.

Im Moment ist Philipp darüber eher erleichtert. Hoffentlich wirkt der Daumen wie ein Pfropf, denkt er.

Mutter kommt zu ihm, setzt sich auf den Bettrand. »Vor zwei Jahren hat Paul auch oft so gebrüllt. Du wirst dich nicht mehr dran erinnern. Oder doch? Wahrscheinlich plagen ihn schlimme Träume. Ich hätte nicht erwartet, daß er damit noch mal anfängt. Bestimmt hat ihn das Probeschlafen bei dir so aufgeregt.«

Sie beugt sich über Philipp und gibt ihm einen Kuß auf die Stirn. »Gute Nacht, großer Junge.«

»Gute Nacht, Mama.« Er sieht noch, ehe sie das Licht löscht, wie sich der Bauch unter ihrem Nachthemd wölbt. Das da drin ist an Döks Gebrüll schuld, denkt er.

Vater fährt durch die Tür

Therese kann, wenn es draußen kalt ist, ausdauernd am Fenster sitzen, die Vögel im Garten beobachten. Meistens sind es Amseln, ab und zu kommen zwei Tauben.

Am Nachmittag kehrt Däd von seiner Reise zurück.

Paul ist bei seinem Freund Benjamin.

Philipp werkelt in seinem Zimmer. Nachdem Paul sich wieder zurückgezogen hat, genießt er den Platz, den er hat, erst recht.

»Lene?« Däd ruft nicht, er fragt ins Haus hinein.

Mutter antwortet auch gleich. »Ich bin in deinem Zimmer.«

Das kann er nicht leiden. Mutter läßt sich aber davon nicht abbringen. »Wenn du nicht zu Hause bist, kann ich den Schreibtisch benutzen. Du bist nie darauf gekommen, daß ich auch einen haben sollte. Und du herrschst über zwei Schreibtische. Über das Möbel hier und über ein weiteres in der Redaktion.«

Darauf findet Vater keine Antwort.

Therese, neugierig wie sie ist, erwischt Däd noch im Flur, an der Garderobe. Er hängt seinen dicken Mantel an den Kleiderhaken. »War's bei dir kalt?«

Er fährt mit den Händen in die Manteltaschen, sucht. »Ich hab Lene doch einen Knopf für ihre Sammlung mitgebracht.«

»Für meine auch?« fragt Therese.

Vater lacht, zieht die Hände aus den Taschen, hält sie ihr leer hin. »Erst mal den einen finden.«

Mutters Knopfsammlung ist riesig. Sie besitzt die wunderbarsten Knöpfe, kleine aus Perlmutt, die wie Tiefseemuscheln leuchten, oder kugelige aus buntem, geschliffenen Glas.

Da Mutter sie nicht mit ihren Knöpfen spielen läßt, hat Therese selbst mit einer Sammlung angefangen. Aber solchen Spaß wie Mutter hat sie nicht an ihren Knöpfen.

»Komm, Therese.« Vater faßt sie an der Hand. »Wir gucken mal, was deine liebe Mutter treibt. Auf alle Fälle ist sie daran, meinen Schreibtisch zu verwüsten.«

Therese reißt an seinem Arm. »Das tut Mama nicht.«

»Ich weiß, ich weiß. Bloß kein kritisches Wort über eure liebe Mutter.«

Therese läßt Däds Hand los, schüttelt wütend den Kopf, sagt aber kein Wort. Sie kann es nicht ausstehen, wenn er so spricht.

Mutter hat auf Vaters Schreibtisch lauter bunte Blätter ausgebreitet, eines neben dem andern.

Vater legt sein Kinn auf ihren Kopf. »Grüß dich. Warst du in der Klinik?«

»Ja, den ganzen Vormittag. Deswegen habe ich heute auch, mit Erlaubnis der Kinder, das Mittagessen auf Häppchen verkleinert.«

»War aber prima«, stellt Therese fest.

»Und das?« Vater zeigt auf die Blätter.

Mutter lacht ein bißchen verlegen. »Das sind Fragebögen. Ich hab es mir selber eingehandelt, daß ich mich mit denen plagen muß. Das war nämlich so ...«

»Halt! Wenn du von der Klinik erzählst, sollten auch Philipp und Paul dabeisein.«

»Ja, du hast recht.« Mutter nickt ihm zu.

Therese rennt zur Tür, brüllt in den Gang: »Philipp, kannst du mal kommen?«

»Und Paul?« fragt Däd.

»Der ist nicht da.«

Therese und Philipp setzen sich nebeneinander auf das ausgeleierte Sofa. Das hat Däd noch aus der Studienzeit.

»Also«, beginnt Mutter, »ich bin bei meinem Doktor in der Klinik gewesen, wie alle drei Wochen. Er ist im übrigen sehr zufrieden mit mir. Die Ergebnisse von ein paar Untersuchungen erfahre ich allerdings erst das nächste Mal. Es verlief alles wie immer. Im Vorzimmer bekam ich den nächsten Termin. Da fing mich ein junger, mir unbekannter Arzt ab. Er hat mich einfach angesprochen. Ich dachte, es könnte der Assistent von meinem Doktor sein. Aber der hatte mit dem gar nichts zu tun. Er gehört, erklärte er mir, zu einer Forschungsgruppe.«

»Was ist denn das?« Therese preßt ihre Hände zwischen die Knie. Das tut sie manchmal, wenn sie gespannt ist oder sehr aufmerksam.

»Du wirst es gleich erfahren«, sagt Vater. »Nur Lene kann uns das erklären.«

»Ja, ich habe wie Therese gefragt. Eine Forschungsgruppe? Was habe ich denn mit Forschung zu tun?« Mutter guckt einen nach dem andern an. »Ich will's kurz machen. Ich werde jetzt erforscht. Nein, ich diene der medizinischen Forschung. Diese Ärzte wollen in einer breitangelegten Untersuchung herauskriegen, wie das Befinden von Schwangeren ist, unter welchen Beschwerden, Krankheiten sie leiden können. Und da« – Mutter holt tief Luft –, »da muß ich eben alle diese Fragebögen ausfüllen.«

Vater mustert Mutter so, daß man seine Zweifel sehen kann. Er spricht sie auch gleich aus. »Sag mal, du bürdest dir da zusätzlich zu all dem, was du zu tun hast, noch diesen Kram auf? Wahrscheinlich mußt du auch noch häufiger die Klinik besuchen. Es kommen neue Untersuchungen zu denen, die üblich sind. Hättest du nicht nein sagen können?« Das Nein sprach er so laut, so deutlich, als wolle er es mit großen Buchstaben in die Luft malen.

»Das schon.« Mutter legt die Fragebögen aufeinander, wirft dabei Vater einen beruhigenden Blick zu. »Sicher hätte ich es ablehnen können. Alles ist absolut freiwillig. Aber wenn alle nein sagen, kommen die Ärzte mit ihrer Arbeit nicht weiter und können uns nicht so helfen, wie wir es verlangen.«

»Ach, unsere gute Lene!« Vater steht auf, bläst die Bakken auf. »Du mußt's wissen. Es ist deine Kraft, es ist dein Körper, es ist deine Zeit.«

»Laß doch.« Als solle das Baby den Streit nicht mitkriegen, legt Mutter schützend die Hände auf ihren Kugelbauch.

Therese sitzt ein wenig nach vorn gebeugt, die Hände noch immer zwischen den Knien, den Mund ein wenig geöffnet. Ihr entgeht nichts.

»Ich gehe mal rasch in die Garage«, erklärt Vater. »Der Gaszug am Auto ist nicht in Ordnung.«

»Und das Baby?« Endlich kann Therese ihre Frage loswerden.

»Dem geht es gut«, sagt Mutter. »Es liegt ganz richtig im

Bauch, hat der Arzt festgestellt, und ich habe sein Herz pumpern hören.«

»So gehört, wie du meines hören kannst?«

»Ja. Aber es geht beinahe so schnell wie ein Vogelherz, weil es so winzig ist.«

In diesem Augenblick ist ein gewaltiger Donner zu hören, gleich darauf noch ein leichterer Nachdonner. Das Haus wackelt, die Wände ächzen, die Zimmertür geht von allein auf. Mutter steht wie angenagelt. Therese stößt eine Serie kurzer, spitzer Schreie aus. Philipp verschanzt sich hinter Mutter. Nun ist es totenstill.

»Gott!« Mutter zieht Philipp an sich.

»Wo ist Däd?« fragt Therese leise und besorgt.

»Er wollte doch in die Garage.«

Aus dieser Gegend meldet er sich nun auch: »Verdammt noch mal!«

»O Gott«, seufzt Mutter ein zweites Mal, aber jetzt mischt sich ein Gluckser Lachen hinein. »Ich fürchte ...«

Und da steht Vater schon in der noch immer offenen Tür. Sein Gesichtsausdruck könnte sie tatsächlich das Fürchten lehren.

»Däd, weißt du, was so gekracht hat?« Nur Therese kann in einer so brenzligen Lage so arglos fragen.

»Ich habe gekracht! Ich!« Vater greift nach oben, zur Decke, und hält sich am Türrahmen fest. Sein Gesicht verzerrt sich schmerzvoll. »Oder war es vielleicht eure Mutter?«

»Mama kann's gar nicht gewesen sein«, flüstert Philipp.

»Richtig, ihr seid ja Zeugen. Sie saß mit euch hier in meinem Arbeitszimmer, während ich« – er läßt den Türrahmen los, greift sich an die Stirn –, »während ich Idiot mit dem Auto rückwärts durch das geschlossene Garagentor donnerte. Und dazu noch mit geöffneter Kühlerhaube. Nichts habe ich ausgelassen. Ich Trottel.«

Mutter sinkt in den Schreibtischstuhl, ohne Philipp dabei loszulassen. Er spürt, wie sie am ganzen Leib bebt. Sie lacht von innen raus. Offen zu lachen traut sie sich nicht. Schließlich platzt es doch aus ihr heraus. Sie lacht und lacht und lacht. Und sie steckt Therese und Philipp mit ihrem Lachen an.

Vater ballt die Fäuste, wirft ihnen finstere Blicke zu. Nur schafft er es nicht lange. Er blinzelt, um seine Mundwinkel zuckt es. Schließlich kichert er wie ein Junge, der auf frischer Tat ertappt wurde und sich schämt. »Du«, sagt er. Mehr nicht. Es bleibt offen, wen er meint.

Mutter fühlt sich angesprochen. Lachend sagt sie: »Ich weiß. Du hast ja recht. Ich hab den Rückwärtsgang dringelassen. Ich bin schuld. Ich hab es nicht bedacht. Du auch nicht.«

»Ich?« fragt Vater, wieder ernst. So als stünde er neben sich. »Ich?«

Mutter hört auf zu lachen.

Vater stößt sich von der Tür ab. »Wenn ihr wünscht, daß es nicht noch einmal kracht, daß ich mit dem Auto nicht auch noch durch die Garagenwand donnere, dann kommt raus und helft mir. Das zerdepperte Garagentor muß vom Gehweg geräumt werden. Die anderen Trümmer auch. Das Auto braucht nicht nur hinten eine neue Stoßstange, sondern auch eine neue Kühlerhaube. Wenn das reicht! Ich werde mir eine in Pink anschaffen.«

Diesen letzten Satz spricht er wie eine gewaltige Drohung aus und verschwindet.

Therese faßt sich als erste. »Was ist das, Pink?«

»So was wie Peng!« Philipp richtet sich auf. Er hat völlig verrenkt neben Mutter auf der Stuhlkante gesessen.

»Quatschkopf«, Mutter steht schon an der Tür. »Laß dich nicht von deinem Bruder auf den Arm nehmen, Therese. Pink ist eine Farbe. Ein häßliches Rosa.«

»Peng«, sagt Philipp.

Sie beeilen sich, Däd bei den Aufräumarbeiten vorm Haus zu helfen.

Die Tantchen

Adam ist Thereses bester Freund. Er heißt tatsächlich so. Wenn jemand über seinen Namen staunt, erklärt Adam ungefragt: »Ich heiße Adam, weil ich keine Eva geworden bin. Meine Eltern haben nämlich eine Eva erwartet.« So hat er es auch Therese erklärt, und Therese hat es Mutter weitergesagt, die mit einem ärgerlichen »Quatsch!« reagierte.

Paul versteht das alles nicht. Er lutscht am Löffelstiel, was Mutter nicht leiden kann, und fragt: »Warum soll der Adam nicht Adam heißen?«

»So heißt er doch«, wirft Philipp ein.

Paul bohrt weiter. »Aber Däd sagt, der Adam soll Eva heißen.«

»Ich bitte dich, Paul!« Vaters Stimme klingt ungeduldig.

Wenn Paul nicht verstehen kann oder will, wenn er vor einer Wand steht, die er aber unbedingt zu durchbohren versucht, droht Vater auszurasten. Da springt Therese gelegentlich ein und hilft Paul, ehe es zum großen Knall kommt. »Weißt du, Paul«, beginnt sie behutsam und nimmt ihm den Löffelstiel aus dem Mund, »der Adam ist ganz prima. Mir gefällt auch, wie er heißt. Außerdem wäre es mir egal, wenn er seine Schwester wäre.«

Das ist zuviel. Paul will reden. Mutter schnaubt in die vor den Mund gehaltene Hand, und Vater grinst übers ganze Gesicht. Bloß Philipp läßt sich nicht aus der Ruhe bringen und verfolgt ernsthaft das Gespräch.

Therese fällt Paul ins noch nicht gesprochene Wort. »Ich weiß, Dök, das ist ziemlich durcheinander.« Sie strahlt Paul so an, als genüge das zur Erklärung.

Nachdem die Sache mit Adam keineswegs geklärt war und sie den verwüsteten Mittagstisch Mutters Pflege überlassen wollten, rief Mutter sie noch mal zurück und sagte, als wäre es das Selbstverständlichste von der Welt: »Am Montag verschwinde ich mit Stefan für eine Woche nach Wien. Ich muß mich vor der Geburt noch mal richtig auslüften. Was anderes sehen. Nicht immer euer Theater! Damit ihr gut versorgt werdet, habe ich die Tantchen gebeten, herzukommen.«

Sie brauchen eine ganze Weile, um die Neuigkeit zu verdauen.

Philipp meldet sich als erster. Eigentlich wollte er Mutter fragen, warum gerade jetzt. Aber das hatte sie erklärt, wenn auch ziemlich grob. Also sagt er: »Vielleicht können wir es auch ohne die Tantchen schaffen.«

Mutter hat sichtlich keine Lust mehr zu diskutieren. Sie will fort, will verreisen. Und sie will zugleich, daß zu Hause nichts schiefgeht, während sie mit Däd in Wien ist. »Du sagst selber *vielleicht*, Philipp. Was sich ziemlich wacklig anhört. Und was macht ihr, wenn Paul durchdreht?«

Dök schiebt den Daumen wie eine Zigarre zwischen die Lippen und tut so, als sei er nicht vorhanden. Dabei hat er alles mitbekommen. Sonst würde ihm nicht eine Träne über die Backe kullern.

Philipp gibt auf, trollt sich. Die Geschwister folgen ihm, und Mutter guckt ihnen mit einem winzigen Lächeln in den Mundwinkeln nach.

Die Tantchen! Das letzte Mal waren sie mit ihnen vor noch nicht einem Jahr in Holland in den Ferien. Tante Laura und Tante Wera. Sie hätten Mutter unterstützen sollen, aber kaum waren sie mit dem Zug angekommen, hielten sie die ganze Familie in Trab. Sicher, Tante Laura kochte ganz toll. Nur fehlte ihr immer was in der winzigen Küche in dem Ferienhäuschen. Dann wurde Mutter ausgeschickt, das Gewürz, das besondere, oder diese bestimmte Sorte Mehl zu besorgen. Wenn Vater Seezunge vom Fischmarkt brachte, hatte Tante Laura ausgerechnet Lust, süße Pfannkuchen zu backen, und mußte mühsam überredet werden, die Fische zu braten.

Tante Wera fand vieles »schrecklich unnitz« oder »alarrmierend albärn«, was Tante Laura plante und tat. Auf diese Weise lebten sie schon mehr als vierzig Jahre, seit dem Ende des Krieges, zusammen. Kein Ehepaar, sondern ein Tantenpaar. Sie waren die Schwestern von Däds Vater, von Großvater, der noch als Soldat in der Gefangenschaft gestorben war und den Vater nie kennengelernt hatte. Er war nach dem Tod seines Vaters zur Welt gekommen. So hatten neben der Großmutter, seiner Mutter, auch die Tantchen für ihn gesorgt. Darum merkte er meistens nicht, wie komisch sich die Tantchen benahmen. Als sie zum Beispiel ihre Kammer in dem Ferienhaus bezogen, stritten sie lange und ausführlich, wer in dem linken Bett und wer im rechten schlafen dürfe. Tante Laura bekam, behauptete sie, schlief sie links, immer ein »taubes Gefihl« auf der linken Seite. Tante Wera drohte rechts aus dem Bett zu fallen, weil es nicht ihre Gewohnheit war, rechts zu schlafen. Ihre Kräche wurden durch ihre Sprache besonders farbig. Sie hatten in ihrer Kindheit und Jugend in Brünn, in Mähren, gelebt, sprachen so gut tschechisch wie deutsch, und die eine Sprache färbte auf die andere ab.

Nun sollten die Kinder ohne Mutters Schutz und Vaters Tantenkenntnis eine Woche lang mit den Tantchen verbringen!

Am letzten Abend vor ihrer Ankunft und vor der Abreise der Eltern versucht Therese doch noch etwas gegen die »Babysitter« einzuwenden. Sie spricht weder Vater noch Mutter, sondern den Fernsehapparat an, in dem eine Familienserie läuft. Es bricht richtig aus ihr raus: »Meschugge! Die Tantchen sind so meschugge, daß wir auf sie aufpassen müssen! Und nicht die auf uns!«

Vater schmunzelt, ordnet weiter seine Papiere für die Reise. Mutter tut so, als höre sie nichts. Sie sind beide in Gedanken schon unterwegs. Und die Tantchen noch nicht da.

Die Tantchen übernehmen das Haus, während die Kinder in der Schule sind.

Therese hat die ganze Woche in das dicke, rot eingebundene Buch geschrieben, das ihr Vater nach einer Reise geschenkt hatte. »Später kannst du mal nachlesen, was du früher erlebt hast.«

Heute ist Montag. Däd und Mama sind weg. Nach Wien. Damit Mama noch was erlebt, bevor sie das Baby bekommt. Als wir aus der Schule kamen, waren die Tanten da. Tante Laura stand in der Küche beim Kochen. Tante

Wera saß im Wohnzimmer und guckte Fernsehen. Sie küßte mich zur Begrüßung auf den Mund. Philipp auch. Wir fanden das eklig. Der Dök hat dann zurückgeküßt. Das fand Tante Wera eklig.

Erst einmal ist alles gutgegangen. Das Essen war toll. Pfannkuchen, die Tante Laura anders nennt: Palatschinken. Das ist so, weil die Tantchen aus der Tschechei stammen. Nach Schinken schmecken die Pfannkuchen aber nicht.

Tante Laura ist am Nachmittag, als wir Schulaufgaben gemacht haben, beim Frisör gewesen. Sie hat sich die Haare rot färben lassen, dunkelrot.

Jetzt ist Abend. Ich bin in meinem Zimmer. Eigentlich könnte ich noch fernsehen. Aber im Wohnzimmer sitzt Tante Wera und heult. Wir sind alle kaputt. Heute nachmittag ist auch Adam zu Besuch hier gewesen. Nach einer Weile ist er wieder abgehauen. Und von Philipp höre ich auch nichts.

Das war so: Dök hat irgendwas mit Verreisen gespielt. Dazu hat er eine Fahrkarte gebraucht. Da hat er, weil Tante Wera ihre Fahrkarten auf Mamas Nachttisch gelegt hat, die zum Spielen genommen. Er hat sie mit der Schere geknipst. Tante Wera wollte den Paul hauen. Da hat Philipp sie angebrüllt. Tante Laura auch. Die hat dauernd geschrien: »Um Himmels willen, vergeh dich nicht an dem Kind!« Was sie gemeint hat, weiß ich nicht. Jetzt sind wir alle in unseren Zimmern. »Der Dök schläft«, hat Tante Laura gesagt. Sie hat mich zum Gutenachtsagen wieder auf den Mund küssen wollen. Ich hab mich schnell ins Kopfkissen gedrückt.

Heute ist Dienstag. Es ist schon spät. Ich soll schlafen. Tante Laura hat eine Verletzung. Trotzdem kann ich nicht mehr viel schreiben. Ich bin müde.

Das kam so: Die Tanten sind mit uns spazieren gewesen. Dök hat sein Rad mitgenommen. Wir haben dauernd Angst gehabt, er fliegt hin oder knallt gegen einen Baum.

Tante Laura hat einen Hut aufgehabt mit einer Feder. Die hat gewippt. Tante Wera hat keinen Hut aufgehabt.

Tante Wera hat immer, wenn der Dök auf dem Rad Quatsch gemacht hat, »Jöschusch« geschrien.

Das hat dem Dök Spaß gemacht.

Wir sind in den Stadtwald. Das Wetter war scheußlich. Es hat immer ein bißchen geregnet.

Der Philipp hat seinen Gummiring mitgenommen. Manchmal hat er mir den zugeworfen. Ich habe ihn gefangen. Oder nicht. Manchmal hat er ihn in die Luft geschmissen. Tante Laura hat immer hochgeguckt. Sie fand das toll, wie hoch der Philipp den Ring gekriegt hat. Nur hat sie nicht aufgepaßt. Das war komisch. Sie blieb stehen, guckte rauf und hat gesehen, wie der Ring wieder runtergekommen ist, und sich dabei nicht gemuckst. Er ist ihr ins Gesicht geklatscht. Sie hat fürchterlich geschrien. Tante Wera auch. Sie hat »Jöschusch« geschrien. Tante Laura hat an der Lippe geblutet. Das ganze Taschentuch ist voll geblutet. Danach hat sie überm Auge eine Beule und einen Fleck bekommen.

Der Philipp hat beteuert, daß er nicht schuldig ist.

»Du Blödian«, hat Tante Wera geschimpft. Tante Laura war still. Später hat sie geschluchzt. Sie hat gesagt: »Mit den Kindern, das schaffen wir doch nicht!« Da war Dök schon im Bett, und wir sind sofort in unsere Zimmer gegangen. Damit sie nicht noch mal so was sagen.

Heute ist Mittwoch. Heute fällt mir nichts ein. Ich bin am Nachmittag bei Adam gewesen. Wie ich Adams Mutter von Tante Lauras Verletzung erzählt habe, hat sie sich gekringelt vor Lachen. Das fand ich nicht gut.

Die Tanten sind mit Dök im Café gewesen, und er hat Schokolade und Torte bekommen. Er hat ihnen so viel erzählt, daß die Tante Laura sich vorkommt wie betäubt.

Heute ist Donnerstag. Noch zwei Tage, bis die Eltern heimkommen. Vorhin hat Mama angerufen. Sie hat gesagt, sie findet es so schön, daß sie am liebsten noch länger bleiben würde. So hat es uns der Philipp weitergesagt. Wir sind traurig gewesen. Dök hat zu heulen begonnen. Ihm ist der Rotz über die Hand gelaufen, weil er Daumen gelutscht hat.

Wir waren mit Tante Wera einkaufen, Philipp und ich. Tante Wera geht gerne einkaufen. Sie sagt: »Wer mal nichts gehabt hat und auch nichts bekommen hat, kauft gern ein.« Sie nennt sich eine Kriegsgeschädigte. Wo der Krieg doch schon so lange her ist. Viermal so lange, wie ich auf der Welt bin, hat Däd mal ausgerechnet. Sonst ist heute nichts passiert. Philipp ist nach dem Einkaufen noch zu Jochen gegangen und erst zum Abendessen heimgekommen. Ich glaube nicht, daß er die Aufgaben gemacht hat. Dök hat mit Tante Laura Marmorkuchen gebacken. Zum Empfang für die Eltern.

Die Tanten sind mit Dök im Café gewesen.

Heute ist Freitag. Beinahe hätte ich vor lauter Aufregung vergessen, das aufzuschreiben. Aber es ist wichtig, damit ich später weiß, daß es heute war.

Jetzt höre ich draußen nichts mehr. Sogar der Philipp hat durcheinander geheult und gelacht. Ich auch. Der Dök nicht. Vielleicht war der an allem schuld. Oder die Tantchen sind es gewesen. Wir haben Mittag gegessen. Die Tante Laura hat wieder prima gekocht: Spaghettitürmchen, mit buntem Hackfleisch gefüllt. So hat sie das genannt.

Der Dök hat wieder endlos gequatscht. Dabei hat er den Löffelstiel in die Nase gebohrt und geschielt. Wie die Tante Laura das gesehen hat, hat sie sich nicht mehr halten können. Sie hat gelacht – und das bunte Hackfleisch in die Gegend geblasen. Da haben wir alle zu lachen begonnen. Sogar die Tante Wera. Sie hat geschrien: »Nein, diese Laura, nein, diese Laura«, und hat in die Hände geklatscht. Dabei haben wir nicht bemerkt, wie sich der Dök den Mund vollgestopft hat mit buntem Hackfleisch. Wir haben es erst gemerkt, als er anfing zu blasen. Er hat überhaupt nicht mehr aufgehört. Die Tanten haben gebrüllt. Er hat geblasen, bis die ganze Küche voll war. Und wir natürlich auch. Tante Wera hielt ihm dann den Mund zu. Die Tanten haben geheult. Sie sperrten den Dök, der auch geheult hat, in sein Zimmer. Er hat geschrien: »Tante Laura hat angefangen.« Das stimmt.

Ich und Philipp haben geholfen beim Putzen. Als wir fertig waren, hat Tante Wera gesagt: »Mir reicht es. Ich packe und gehe.« Tante Laura hat gesagt: »Ich auch.« Wir haben die Tanten angeguckt und gewartet, ob sie gehen.

Sie haben den Koffer gepackt. Wir haben ihnen dabei geholfen. Sie haben im Flur gestanden. Und immer hat eine gesagt: »Ich gehe.« Bis die Tante Laura den Hut vom Kopf genommen hat. Sie hat gesagt: »Es ist mir schon zu blöd«, und ist zurückgegangen ins Schlafzimmer. Tante Wera ihr nach. Jetzt ist's halb zehn. Ich bin total erledigt. Der Philipp schläft sicher schon lang.

Die Eltern kommen pünktlich am frühen Samstagnachmittag.

»Das Flugzeug könnte sich verspäten«, haben die Tanten gewarnt.

Adam hilft Therese beim Warten.

Philipp baut mit Paul, der vor Ungeduld mit den Zähnen knirscht, aber sonst ganz ruhig bleibt, aus Klötzchen eine Stadt auf.

Als die Eltern im Flur stehen, können sie gar nicht genug bekommen, umarmt zu werden. Zuerst Dök, der sich vordrängt.

»Ach Paul«, seufzt Mutter.

Es fällt ihnen nicht auf, daß die Tantchen bereits ihre Koffer zur Haustür getragen haben und Tante Laura schon den Federhut aufhat. »Wir müssen«, erklärt Tante Wera. Nein, sie sagt: »Wir missen.«

Däd läßt Philipp los. »Könnt ihr nicht?«

»Nein, wir missen«, sagt Tante Laura energisch. »Wer weiß, was mit unserer Wohnung geschehen ist und ob die Nachbarin die Blimeln gegossen hat.«

Sie verabschieden sich.

Therese weicht Tante Weras Kuß so hastig aus, daß sie ihn auf die Nasenspitze bekommt.

Vater bringt die Tantchen mit dem Auto zum Bahnhof, obwohl sie sich wehren und behaupten: »Also, mit der U-Bahn sind wir fit«, brüstet sich Tante Laura.

»Ich bring euch.«

Sie winken dem Auto nach. Mutter sagt: »Sie sind schon lieb, die Tantchen.«

»Meschugge«, sagt Paul.

»Was?«

Philipp fängt an zu lachen, und Mutter besteht darauf, daß sie sofort erzählen, was sie mit den Tantchen erlebt haben.

Paul und die beiden Unsichtbaren

Tagelang hat es geregnet. Mit einem Mal sind alle Wolken hinter dem Horizont verschwunden, und über der Stadt hängt ein leuchtender, blauer Himmel, wie ein Zeltdach.

Mutter schiebt im Wohnzimmer die große Tür zum Garten auf. Der Garten ist nicht groß. Er schmiegt sich wie ein grünes verwunschenes und verwildertes L ans Haus.

Sie mögen ihn alle, die Kinder und die Eltern, doch keiner ist darauf aus, im Garten zu arbeiten.

Vater hat vor zwei Jahren einen kleinen Teich gegraben, in dem die Goldfische neuerdings schwarz bleiben, damit sie nicht von Katzen gefangen werden.

Vater hat auch zwei Bäume gepflanzt, doch die Hack- und Harkarbeit besorgt Mutter. Sie habe grüne Hände, behauptet Vater. Die Pflanzen fühlen sich in ihrer Obhut wohl. Das stimmt. Sogar die eingetopften Pflanzen in der Wohnung, vor allem der kleine Mandarinenbaum, blühen immer von neuem und tragen prächtige Früchte.

»Wie warm es ist!« Mutter verschränkt die Arme über dem Kopf, atmet tief durch, und ihr Bauch springt kugelrund nach vorn.

Therese legt ihre Hand vorsichtig drauf. »Du mußt auf dich aufpassen, Mama«, sagt sie.

Mutter wiegt sich sachte, und Therese staunt, wie elastisch der Bauch ist. Das Baby steckt hinter einer dicken Haut.

Sie guckt zu Mutter auf. Die Sonne blendet Therese so, als spränge ihr ein dicker Strahl in die Augen.

Jetzt fragt Therese mehr sich als Mutter: »Kann man das Ozonloch eigentlich sehen?«

Als suche sie nach einer Antwort, guckt Mutter in den Himmel. »Nein«, sagt sie und zieht Therese an sich. »Das nicht. Aber unsere Haut kann die Strahlen fühlen, die durch das offene Himmelsloch reinkommen. Genau weiß ich das alles nicht.«

Energisch schiebt sie Therese zur Seite, dreht sich zum Haus. »Philipp!« ruft sie, aber Philipp gibt keinen Laut. Sie zieht die Schultern hoch, geht zum Geräteschuppen, guckt über die Schulter und fragt ein bißchen spöttisch oder traurig: »Und du, Therese, kannst du mir helfen?«

»Ich bin mit den Hausaufgaben noch nicht fertig.«

»Nein?« Nun ist es bloß noch Spott. »Wirklich nicht? Laß dich nicht aufhalten und verschwinde.«

Mutter klappert mit der großen Gartenschere wie ein Frisör. Sie weiß, wo sie an den Büschen und Sträuchern schneiden muß.

Lang bleibt sie nicht allein. Paul nutzt die Gelegenheit, sie zu unterhalten. Er hilft ihr sogar, indem er die abgeschnittenen Äste aufhäufelt.

An diesem Tag ruft Paul zwei ins Leben, die ihn von nun an, unsichtbar zwar, doch ungeheuer wirksam, begleiten: Schabottmann und Gefechner.

Er sagt: »Mit dem Schabottmann hab ich immer Krach. Dem kannst du sagen, was du willst. Der ist faul. Der hilft nicht. Den Gefechner mag ich. Guck, der hilft mir.«

Paul streckt sich, geht mit durchgedrückten Beinen, was

ihm schwerfällt, spitzt den Mund und versucht hochmütig auszusehen.

Mutter läßt sich nicht stören, hört ihm zu, denn sie weiß, daß sie nur als Ansprechpartnerin dasein muß und ihn mit einer Antwort höchstens durcheinanderbrächte. Doch die Namen wecken ihre Aufmerksamkeit. Sie schnippt mit der Schere einen Zweig ab und fragt verwirrt: »Wer?«

»Der Gefechner«, erwidert Paul, so als stünde er neben ihm oder als sei er der Gefechner selber. Um Mutter in noch größere Verwirrung zu stürzen, fügt er gleich hinzu: »Und der Schabottmann.«

Wobei er aus dem Gefechner hinaus- und in den Schabottmann hineinschlüpft. Er schwillt gewissermaßen, wozu er sich nicht sonderlich anstrengen muß. Er bläst die Backen auf, ballt die Fäuste und kneift die Augen zusammen.

Sprachlos verfolgt Mutter Pauls Verwandlungen. Sie ist manches von ihm gewöhnt. Dieses Spiel ist ihr neu. »Sag mal, von wem hast du gesprochen, Paul?«

Dök versteht Mutters Verwirrung nicht. »Von Schabottmann und Gefechner.«

Zum ersten Mal hört Mutter bewußt die beiden Namen. Sie spricht sie langsam und noch unsicher nach: »Schabott-mann und Ge-fech-ner.«

»Ja«, Paul nickt, als ginge es um alte, Mutter wohlbekannte Freunde.

»Wie kommst du auf solche Namen?«

»Weil die so heißen.« Paul reagiert unglaublich sicher.

Mutter steckt die Schere in die Erde und geht vor Paul in die Hocke. Sie merkt, daß es ihm ernst ist mit Schabott-

Der Gefechner…

mann und Gefechner. Ihm ist der Unterschied zwischen Wirklichkeit und Einbildung noch egal. Wenn er von zwei solchen Gestalten spricht, dann gibt es die!

Paul sieht ihr in die Augen.

»Seit wann kennst du die?«

»Ich weiß nicht.«

»Schon länger?«

»Nein, das auch nicht.«

»Sind sie dir grade eben eingefallen? Der Schabottmann und der Gefechner?«

»Die kenne ich schon immer.« Paul steckt wie zur Be-

...und der Schabottmann

stätigung und um das Gespräch abzuschließen, den drekkigen Daumen in den Mund.

Mutter sieht dem ziemlich verzweifelt zu. »Ich frag mich, Paul, ob du noch Daumen lutschen solltest. Du gehst zur Schule. Tust du das auch dort?«

Er saugt heftig, kehrt ihr den Rücken, stapft zum Haus. Unterwegs fängt er an zu sprechen. Er redet, was deutlich zu hören ist, auf Schabottmann ein: »Du bist blöd, Schabottmann, du hast der Mama nicht gesagt, daß du der Schabottmann ist. Der Gefechner mag das nicht. Dem helf ich. Dir nicht.«

Mit Schabottmann schimpfend, verschwindet er im Haus.

Am Abend, nachdem Paul wie immer als erster schlafen gegangen ist, unterhalten sie sich zu viert über die beiden neuen, wenn auch unsichtbaren Hausgäste.

Philipp und Therese haben im Laufe des Tages ebenfalls mit ihnen Bekanntschaft gemacht.

Philipp erzählt, daß Dök ihm mit dem Lineal auf den Kopf geschlagen habe. Als er ihn fragte, wieso er das tue, habe Dök steif und fest behauptet, völlig schuldlos zu sein. Der Schabottmann sei es gewesen.

Therese führt auch Gefechner ins Feld. »Bei mir lag die alte Puppe auf meinem Bett. Wißt ihr, die Puppe, nach der wir wie verrückt gesucht haben. Die einfach verschwunden war und die ich so mag. Jetzt ist sie wieder aufgetaucht. Dök hat mir gesagt, der Gefechner hat sie gefunden. ›Der Gefechner findet alles, der ist schlau. Nicht so doof wie der Schabottmann.‹«

Vater macht das Erscheinen des ungleichen Paares Sorgen. »Manchmal«, sagt er, »geht mir die Spinnerei zu weit.«

Mutter versucht ihn zu beruhigen. »Sicher, Paul hat eine starke Phantasie. Aber er steckt noch in dem Alter, in dem die Kinder die Welt mit sich selber bevölkern. Mit Schabottmann und Gefechner macht er sich groß. Sie sind der gute und der böse Teil von ihm.«

Wenn das nur nicht neunmalklug ist. Vater beschließt, das Auftauchen von Schabottmann und Gefechner mit einem Glas Wein zu begießen.

Philipp und Therese prosten ihm mit Saft zu. Mutter

trinkt Sprudel. »Von wegen, daß unser Baby keine Säufernase bekommt.«

»Vielleicht sollten wir an der Haustür ein zweites Schild anbringen«, schlägt Vater vor. »Ein ordentliches großes Firmenschild. Darauf könnte beispielsweise stehen, in großen Buchstaben, so wie es bei Firmen üblich ist:

SCHABOTTMANN & GEFECHNER
Unruhestifter

In der Nacht fällt Paul aus dem Bett. Er steht nicht wie sonst schreiend da. Er liegt, sich krümmend, neben dem Bett und beschuldigt Schabottmann, ihn rausgeschmissen zu haben. Als Mutter sich vorsichtig erkundigt, ob Gefechner auch das Bett mit ihm teilt, sagt Paul allen Ernstes: »Schon. Der macht sich dünn. Bloß der Schabottmann nicht. Der drückt mich raus.«

Mutter streichelt ihn eine Weile, so daß er die beiden Mitschläfer vergißt. Danach kommt sie noch zu Philipp ins Zimmer, den das Getöse geweckt hat, und sitzt eine Weile im Dunkeln auf dem Bettrand.

»Der Dök ist nicht ganz dicht«, murmelt Philipp und rollt sich rund um Mutter rum. Er spürt, wie ihr Rücken sich spannt.

»Womöglich hat er den Schabottmann und den Gefechner nur erfunden, um sich mit den beiden gegen das Baby zu wehren.« Sie sagt es so, daß Philipp eine Spur von Angst heraushört.

Die Geschichte vom steckengebliebenen Aufzug

An Samstagen, wenn Vater nicht für die Zeitung arbeiten muß und Mutter der tägliche Kram nicht die Laune verdirbt, schwärmt die Familie aus. Sie gehen spazieren oder fahren hinaus aufs Land, in den Odenwald, den Spessart. Sie wandern durch die Wälder, rodeln im Winter, picknikken im Sommer.

Sie besuchen auch Kirchen und Museen. Das schätzt Therese vor allem, denn sie sammelt Postkarten. Philipp hat wenig Sinn für Kunstbetrachtungen, die bei Vater ausführlich werden können. Paul trottet geduldig und neugierig überall mit. Dabei entdeckt er die abwegigsten Dinge. In einem Museum in Darmstadt zog er aus einem Papierkorb einen fingerlosen Handschuh. Er war steif von Schmutz. Mutter ekelte sich und schilderte so anschaulich wie nur möglich, was Bakterien und anderes Ungeziefer, zum Beispiel Flöhe, anrichten können.

Paul lauschte ihr freundlich und vergrub danach den Handschuh in der Hosentasche.

Abends kehren sie, zufrieden und erschöpft, in einem Gasthaus ein. Dort halten sie es oft lange aus, denn am Sonntag kann ausgeschlafen werden.

Daß sie stets samstags zusammen sind, liegt an Vaters Beruf. Da am Sonntag keine Zeitungen herauskommen, muß er samstags nicht in die Redaktion. Weil er aber von seinem Beruf nicht genug bekommen kann, wie Mutter meint, besuchen ihn an freien Tagen oft Kollegen. Am häufigsten sein Busenfreund Eginhard Grün. Vater mag ihn wirklich. »Der kann was! Eginhard schreibt so, als würde er dir immer das Allerneueste erzählen«, lobt er ihn.

Die beiden kennen sich seit Ewigkeiten, reisen und arbeiten miteinander.

Ein bißchen sieht Eginhard Grün aus, wie er heißt. Mit der vorspringenden Nase und den großen dunklen Augen gleicht er einem Jäger. Stets hat er grüne Socken an, ob es paßt oder nicht. Er nennt sie sein Markenzeichen.

Kommt Eginhard ins Erzählen, hört er nicht mehr auf. Sein Vorrat an »wahren Geschichten« ist schier unerschöpflich.

Wenn Eginhard zu Besuch kommt, schrickt Mutter ein wenig zusammen, als müsse sie sich gegen seine Anwesenheit wehren. Dabei beteuert sie stets, daß sie nichts gegen ihn hat. Er könnte Stefans Bruder sein, hat sie mal gesagt. Oder: Er ersetzt den Bruder, den Stefan nicht hat. »Wißt ihr noch, wie ich mich aufregte, als die beiden während des Krieges dort nach Nicaragua reisten?»

Philipp erinnert sich gut. Mutter hatte Vater damals angefleht, nicht mitzufahren. Aber Vater war hartnäckig geblieben. Sie hatte bitterlich geweint. Als Vater zurückkehrte, hat sie ein paar Tage nicht mit ihm gesprochen.

Es ist wieder Samstag, wieder ist Eginhard erschienen, in bester Laune.

Der Himmel ist klar, es ist kälter geworden. Mutter hat vorgeschlagen, in den Odenwald zu fahren und dort eine kleine Wanderung zu unternehmen.

Nun sind sie unterwegs. Sie zieht Paul an der Hand hinter sich her. Es wird nicht mehr lange dauern, dann wird er über die »verdammten Kilometers« jammern. Nur die Aussicht auf eine große Portion knuspriger Pommes hält ihn auf den Beinen.

Eginhard ist im Unterholz verschwunden. Als er zurückkommt, ruft er Vater lachend zu: »Erinnerst du dich an den Aufzug in dem Pariser Hotel, Stefan?«

Das kann nur ein Stichwort für eine Geschichte sein. Philipp drängt sich zwischen Vater und Eginhard. Therese und Paul schließen erwartungsvoll auf. Mutter jedoch hält sich deutlich zurück.

»Wann war das Gipfeltreffen in Paris?« fragt Eginhard.

»Vorletztes Jahr, im Herbst«, antwortet Vater.

Sie lösen sich im Erzählen ab. Auf diese Weise wirkt die Geschichte noch komischer.

»Wir hatten uns beide feingemacht, trugen Jacke und Schlips«, sagt Eginhard.

»Und hatten uns die Zähne geputzt und die Haare gewaschen«, ergänzt Vater.

Eginhard fährt fort: »Und all die großen Politiker wollten uns auf einer Pressekonferenz das Neueste und Wichtigste mitteilen.«

»Wie immer bei solchen Gelegenheiten ...«, sagt Vater.

»... das Allerneueste«, ergänzt Eginhard.

»Wir also los und rein in den Aufzug, der uns zum fünften Stock in dem feinen Hotel bringen sollte«, erzählt Vater.

»Sollte«, sagt Eginhard.

Und Vater fährt fort: »Denn wir beide und eine Sekretärin und ein Kellner mit Kaffeekanne wollten zwar schleunigst ans Ziel kommen, aber der Aufzug blieb stecken.«

Eginhard nickt: »Und das in einem solch schnieken Hotel.«

Vater lacht. »Der Lift weiß das ja nicht.«

Eginhard sagt: »Aber er dürfte da häufiger geprüft und geschmiert werden.«

Und Vater erzählt nun weiter: »Wir warteten. Drückten auf den Alarmknopf. Der Kellner redete in schnellstem Französisch in die Sprechritze hinein. Und in noch schnellerem Französisch tönte es daraus zurück. Wahrscheinlich wurden wir beruhigt. Nur der Aufzug rührte sich nicht. Allmählich saßen wir auf glühenden Kohlen. Es war klar. Die Konferenz verpaßten wir. Und der Kaffee in der Kanne wurde kalt.«

»Es wurde ziemlich heiß in dem engen Kasten. Wir bewegten uns nur noch sparsam. Dann ruckelte es endlich! Langsam, langsam ging's aufwärts.«

»Und als die Tür aufging«, sagte Vater, »rannten wir los. Die Konferenz war beinahe zu Ende. Ein paar der Kollegen standen schon in den Telefonboxen und gaben ihre Berichte durch. Was sollten wir tun? Eginhard hatte die rettende Idee ...«

Jetzt übernahm Eginhard wieder: »Ich zerrte Stefan zum nächsten freien Telefon und riet ihm, da zu warten, bis am Telefon nebenan ein anderer seinen Artikel durchgeben würde. Bei dem könnte er mithören und ich auch. Wir zwei würden uns dann einen Reim drauf machen und einen tollen Bericht abgeben!«

Vater rieb sich die Hände und guckte triumphierend in die Runde. »So war's. Wir hörten zu. Mußten uns dabei natürlich zurückhalten, sonst wären wir allzu sehr aufgefallen. Deshalb verstanden wir häufig bloß Bahnhof. Aber da wir beide mit Phantasie gesegnet sind, fiel es uns nicht schwer, die Geschichte schön auszuschmücken.«

Vater und Eginhard wechseln Blicke wie Max und Moritz nach einem gelungenen Streich.

»Und wißt ihr was!« sagt Vater.

»Und wißt ihr was?« fragt Eginhard.

»Was?« will Paul als einziger wissen.

»Unser Chefredakteur lobte uns, weil unser Bericht viel genauer und farbiger ausgefallen sei als die der anderen. Und Eginhards Foto sei auch besonders gut gelungen.«

Jetzt ist Eginhard nicht mehr zu halten. Er klatscht sich selber Beifall. »Und wißt ihr was?« ruft er.

Und wieder hilft ihm Paul. »Was?« fragt er.

»Das Foto hatte ich zwei Jahre vorher gemacht. Und keiner hat's gemerkt. Keiner!«

»Und so werden wir dummen Zeitungsleser auf den Arm genommen«, stellt Mutter fest. Dabei kann sie ein Kichern nicht unterdrücken.

»Ich bitte dich!« Vater mimt den Beleidigten. Doch nur für einen Augenblick. Dann brechen die beiden Männer von neuem in ein großes Gelächter aus. Und alle anderen lachen mit.

Die beiden Männer lachen laut und länger als die Kinder.

Philipp hört plötzlich die Vögel. Die Stimmen der Männer hatten sie übertönt. Er sieht Mutter vor sich. Das Baby im Bauch hat ihren Gang verändert. Sie tappt, als falle es ihr schwer, das Gleichgewicht zu halten. Dök, den sie hinter sich her zerrt, wirkt da wie eine Balancierstange.

Vater und Eginhard haben sich abgesetzt. Sie reden aufeinander ein. Sicher hecken sie einen neuen Plan aus.

»Ist's noch weit?« stöhnt Paul.

Mutter beruhigt ihn: »Es dauert nicht mehr lang, und wir sind da.«

Nach einer halben Stunde stehen sie vor dem freundlich erleuchteten Gasthaus. Die Sonne ist untergegangen, ihre Mägen knurren.

In der Gaststube ist noch wenig Betrieb. Sie wählen einen Tisch neben dem Kachelofen. Vater glaubt nicht, daß er echt ist. »Der tut nur so«, sagt er. »Innen drin versteckt sich eine Öl- oder Zentralheizung.«

Mutter und Paul beraten, was sie bestellen wollen.

Philipp und Therese studieren die Speisekarte und können sich nicht entschließen.

Vater und Eginhard sitzen wie auf einer Insel und reden und reden.

Philipp hat das unbestimmte Gefühl, daß sich ein Unwetter zusammenbraut, denn Mutter wirft immer wieder mißtrauische Blicke zu den beiden Männern. »Ihr könntet euch mal der Speisekarte widmen«, sagt sie. »Und danach vielleicht uns. Oder verträgt eure Unterhaltung keinen Aufschub?«

Wenn Mutter Wörter wie »Aufschub« gebraucht und sich so beamtig ausdrückt, bedeutet das eine Warnung. Selbst Paul spürt das und rutscht Schutz suchend an Mutters Seite.

Sie bestellen. Paul freut sich über den Pommesberg, der ihm vorgesetzt wird. Eginhard lobt den Wein. Sie essen, ohne sich zu unterhalten.

Der Wirtsraum hat sich mittlerweile gefüllt, und das Stimmengewirr spannt sich wie ein tönender, tosender Schirm unter der hölzernen Decke.

Therese erzählt von Adam. Daß er übers Wochenende zu seinen Großeltern nach Hannover gefahren ist. »Ich glaub, der ist bei denen lieber als zu Hause.«

»Ach was«, wirft Mutter ein. »Das meint er nur, weil er von seinen Großeltern bei seinen seltenen Besuchen verwöhnt wird.«

»Und wir, warum kommen wir kaum zu den Großis?«

»Weil die jottwedee wohnen. Bis zum Niederrhein ist es von Frankfurt schon eine Tour, und wenn ihr nicht gut drauf seid, sogar eine Tortur.«

»Magst du die Großis nicht?« Therese läßt nicht lokker.

»Ich hab sie sehr gern, meine Eltern«, sagt Mutter. Sie spricht leise, so daß sie bei dem Krach kaum zu verstehen ist. »Ich würde mich freuen, könnte ich sie häufiger sehen.«

Therese wickelt nachdenklich Spaghettis um die Gabel. »Na gut«, stellt sie fest, »die wohnen wirklich weit weg.« So tröstet sie sich und Mutter zugleich.

Die wünscht gar nicht, getröstet zu werden. Philipps Vorahnungen bestätigen sich. Mit ihrer dunklen Stimme, in der etwas klirrt, bittet sie die beiden Männer, endlich ihre Pläne bekanntzugeben.

Eginhard tut unschuldig und strahlt Mutter an. »Gern. Ich hab Stefan dazu überredet, die nächste Woche mit mir nach Polen zu fahren. Die Interviews haben wir lange vor uns her geschoben.«

»Nach Polen?« Thereses Gesicht ist abzulesen, daß sie Polen auf der Landkarte in ihrem Kopf vergeblich sucht. Sie hat immer riesige Schwierigkeiten, sich vorzustellen, wo welche Länder liegen.

Mutter hat mit Polen nichts im Sinn. Sie läßt Däd nicht aus den Augen: »Und du? Du hast natürlich sofort, ohne eine Sekunde nachzudenken, zugestimmt. Klar, da komm ich mit, hast du deinem Kumpel gesagt. Jetzt, nur jetzt ist es günstig, nach Polen zu fahren.«

Obwohl sie nicht lauter wird, ist sie gut zu verstehen. Vielleicht nur, weil ich Angst habe, daß die Eltern Krach kriegen, denkt Philipp.

Paul reagiert auf seine Weise. Er schlingt den einen Arm um Mutters Arm, winkelt den anderen an, um bequem am Daumen lutschen zu können.

Therese schiebt die Ellenbogen auf dem Tisch nach vorn und verfolgt mit offenem Mund den weiteren Wortwechsel.

»Eine Woche nur«, beteuert Vater. Unter seinen Augen zucken Fältchen. »Die geht schnell vorbei, Lene.« Mit jedem Wort möchte er den Krach vermeiden. Mit jedem Wort stimmt er Mutter noch zorniger.

Sie faltet die Hände und schiebt sie unter den Bauch, als würde das Baby schwer und sie müßte es stützen. »Nur eine Woche?« sagt sie leise und scharf. »Für dich bedeutet eine Woche nichts. Du gehst, du kommst. Daß ich manchmal fertig bin, allein gelassen mit den Kindern, daß ich ja auch einfach für eine Woche mich verabschieden könnte, darauf kommst du nicht.«

»Lene!« Vaters Hand wandert über den Tisch, sucht nach der von Mutter.

Mutter denkt nicht daran, den dicken Bauch loszulassen. »Ich weiß«, sagt sie, »wir kriegen fast vor jeder deiner Reisen Krach. Das ist mein Frust. Klar. Aber in diesem Zustand ist für mich alles anders. Ich bekomme zum vierten Mal ein Kind. Sicher, du beteuerst, wie sehr du dich darüber freust. Das ist aber auch alles. Schon bist du in Polen.«

Am Ende ist Mutter etwas lauter geworden.

Vater hebt beruhigend die Hand und wischt, als Mutter nicht nachgibt, Krümel vom Tisch.

Eginhard will ihm beispringen. Das erlaubt Mutter nicht. Sie steht auf. »Ich geh zum Wagen.«

Nun sehen sie, daß Therese Tränen über die Backen laufen. Mutter zieht sie an sich. »Es ist schlimm. Ich bring euch durcheinander«, murmelt sie.

Mit Paul und Therese geht sie voraus. »Wir warten draußen«, sagt sie.

Einige Gäste schauen ihnen nach.

Philipp hat Mutter in diesem Moment so gern, daß er es in der Brust wie ein Zerren spürt. Zwischen Paul und Therese sieht sie aus wie ein größeres Mädchen. Aber nur von hinten, wenn der Bauch nicht sichtbar ist.

Vater zahlt. Eginhard bedauert, daß Mutter was gegen ihn habe.

»Unsinn«, weist Vater ihn zurück. »Sie ist neidisch, das

verstehe ich. Müßte sie nicht für die Kinder sorgen, könnte sie in einer Bibliothek arbeiten und zu Kongressen reisen. Aber sie hat die Kinder gewollt.«

»Du doch auch«, sagt Philipp sehr heftig.

Vater mustert ihn verdutzt. »Ja, du hast recht, ich auch – nur ...«

Philipp unterbricht ihn. Das, was Vater jetzt sagen will, kennt er. Das findet er blöd. »Aber du verdienst das Geld.« Er versucht, Vater nachzuäffen, und läuft hinaus, ohne seine Antwort abzuwarten.

Auf der Heimfahrt reden sie nicht.

Therese und Paul schlafen ein.

Irgendwann fragt Mutter, die Paul auf dem Schoß hat: »Du fährst also nächste Woche?«

»Ja«, sagt Vater.

Mutter sagt kein Wort mehr.

Vorm Haus verabschiedet sich Eginhard.

Sie gehen gleich schlafen. Philipp hört, wie die Eltern von neuem streiten.

Er zieht die Decke über den Kopf.

Däd soll Mama nicht weh tun, denkt er. Bleib doch da, denkt er. Mit diesem Wunsch schläft er ein.

Philipps Traum und Pauls Unfall

Philipp träumt viel. Es kommt vor, daß er sich abends, vorm Schlafengehen, sogar vor seinen Träumen fürchtet. Er versucht, solange wie möglich wach zu bleiben und sich besonders schöne Träume auszudenken, die sich in den Schlaf hinein fortsetzen. Das gelingt ihm nie.

Morgens, beim Frühstück, erzählt er Mutter manchmal einen Traum. Selten hört sie richtig zu. Sie hat zuviel zu tun. Sie rennt in der Küche herum, muß dem Dök noch das Gesicht abwischen, sonst würde er mit einem Kakaomund, wie ein Clown, in die Schule gehen. Therese kommt mit ihrem Zopf nicht zurecht. Sie ist so früh sowieso unansprechbar. Versucht er ein Gespräch mit ihr, stoppt sie es: »Sei stüll, Phülüpp!«

Den Traum, den er in der Nacht nach dem Streit zwischen den Eltern hatte, erzählt er Mutter nicht beim Frühstück, sondern nach Vaters Abreise.

Vater hat sich nicht überreden lassen, daheim zu bleiben. Er könne Eginhard nicht im Stich lassen, behauptete er. Das ärgerte Mutter besonders.

»Mich kannst du also allein lassen«, sagte sie.

Vater fand, daß sie schrecklich übertreibe.

Als er sich verabschiedet, den Koffer mit den vielen bunten Aufklebern auf den Rücksitz des Autos schiebend, sind die Eltern überraschend lieb zueinander. Sie küssen sich. »Mach's gut«, wünscht Mutter. »Ruf mal an.«

Vater verspricht es. »Paß auf dich auf, Lene«, bittet er.

Worauf Mutter auf Paul und Philipp weist, die neben ihr stehen: »Die beiden sorgen schon dafür, und Therese dazu. Mach schon.«

Das läßt er sich nicht zweimal sagen. Ehe er losfährt, kurbelt er das Fenster herunter, deutet mit dem vorgereckten Kinn auf die Garage: »Der kommt heute nachmittag, wenn's stimmt, und repariert die Tür.«

In diesem Augenblick läßt Paul einen sonderbar quietschenden Pups. Das Geräusch verwirrt Mutter und Philipp so sehr, daß sie vergessen, dem Auto nachzuwinken.

Mutter beugt sich besorgt zu Paul: »Ging das in die Hose?«

Paul macht kehrt und stapft beleidigt auf die türlose Garage zu.

»Du schlägst die gewünschte Richtung ein, mein Junge.« Mutter hat ihn rasch eingeholt. »Wir müssen Platz machen für den Tischler, den Kram ordnen und beiseite räumen oder« – sie sieht Philipp fragend an – »hast du viel auf?«

»Nein«, sagt er, ihr zuliebe. Im Grunde reichen allein schon die Matheaufgaben für den halben Nachmittag.

Paul fährt mit seinem Roller los. Dafür erscheinen, wie gerufen, Therese und Adam.

»Vielleicht könnt ihr beide mich aufklären über die blaue Kiste in der Garage. Ich habe sie nicht hineingestellt und frage mich, was drin ist.«

Therese kratzt sich unterm Zopf im Nacken. Adam markiert den Ahnungslosen.

»Sie ist noch von meinem Geburtstag«, erklärt Therese.

»Wir haben die Pappteller und Becher abgewaschen, die können wir beim nächsten Fest wieder gebrauchen.«

Mutter wirft einen Blick in die Kiste, bläst Luft durch die Zähne: »Schmeiß das Zeug schleunigst in den Mülleimer. Das stinkt ja! Von diesen Tellerchen wollen die Kinderchen noch speisen? Igitt!«

Zusammen mit Adam trägt Therese die blaue Kiste weg. Tatsächlich entweicht der Kiste eine entsetzliche Duftwolke.

Mutter schaut ihnen nach und rückt, nachdem sie den Kopf geschüttelt hat, die Gartenstühle zur Seite. Bei jeder Bewegung scheint Mutter aufzupassen. Sie bückt sich vorsichtig und mit Mühe. So gut er kann, hilft Philipp ihr. Er genießt es ohnehin, eine Weile mit ihr allein zu sein, von ihr eingespannt zu werden.

Während er Gartengeräte, kleine Regale trägt und schiebt, überlegt er, wie er Mutter seinen Traum erzählen könnte. Womöglich lacht sie ihn aus. Das will er auf alle Fälle vermeiden. Er möchte den Traum loswerden, ihn nicht für sich behalten.

»Du, Mama«, fängt er an und hört schon wieder auf. Wie ein weicher Ball ist ihm etwas zwischen den Beinen durchgeschossen. »Blöde Katze!« Mutter, die sich aufgerichtet hat, um ihm zuzuhören, begrüßt das Tier mit einem schnalzenden Laut.

Ärgerlich tritt Philipp nach der Katze.

»Laß sie doch«, bittet Mutter.

Philipp ist über ihre Freundlichkeit erstaunt. Noch vor ein paar Tagen hat Mutter die Katze aus dem Garten gejagt. Nicht nur, weil sie dauernd in Vaters Teich fischte. Sondern weil ihr das Katzenvieh einfach auf die Nerven ging. Nun weiß sie sogar den Namen und macht sich Sorgen um das Tier.

Philipp weiß, daß sie den Nachbarn gehört. »Ist sie krank?« fragt er.

Kitty hat sich unter einen der Gartenstühle zurückgezogen und maunzt.

»Das hoffe ich nicht«, antwortet die Mutter. »Nur haben Schweitzers sich einen Hund angeschafft. Deswegen ist Kitty unglücklich und möchte, glaube ich, umziehen.«

Philipp kauert sich vor den Stuhl, vor die Katze. Sie macht einen Buckel. Vielleicht kann ich jetzt den Traum erzählen, denkt er. Doch nun fehlt es ihm an Mut.

Anscheinend kann Mutter seine Gedanken lesen. »Du wolltest mir doch eben was sagen. Kitty ist dazwischengekommen.«

Er richtet sich auf, Mutter lehnt sich abwartend an die Garagenwand, und er setzt sich auf den Stuhl, was Kitty offenbar gefällt. Sie beginnt unter ihm zu schnurren.

»Ich hab einen Traum gehabt. Einen schlimmen.«

Mutter faltet die Hände unterm Bauch. »Erzähl schon!« Sie blinzelt ihm aufmunternd mit den Augen zu.

»Ihr habt doch gestern gestritten, du und Däd. Ich hab mir, weil ich es nicht hören wollte, die Decke über den Kopf gezogen. Dann hab ich geträumt.«

»Von Däd und von mir?« fragt Mutter. Sie sieht ihn ernst und aufmerksam an.

»Nein, fast nur von Däd. Von dir auch. Von Eginhard auch.« Sein Gestotter macht ihn wütend.

Mutter beruhigt ihn: »Ich höre dir jetzt nur noch zu und unterbreche dich nicht mehr.«

Er starrt auf den fleckigen Garagenboden. Ihm wird klar, daß der Traum gar keinen Anfang hat. Er ist in ihn hineingestürzt. Und er erzählt: »Ich bin aus der U-Bahn gekommen. Ich mußte zur Schule. Ich war zu spät dran. Das weiß ich noch genau. Viel mehr Leute als sonst rannten die Treppe rauf und runter. Sie schubsten mich. Ich hatte Angst, daß sie mich runterschmeißen. Auf einmal hielt mich eine Hand fest. Ich wollte mich losreißen, da sagte Eginhard: ›Ich will dir doch nur helfen, Philipp.‹ Er stand neben mir. Wie konnte das sein, wo er doch mit Däd in Polen war? Ich wollte ihn fragen. Er legte mir die Hand auf den Mund. Die Hand hat nach Wald gerochen, nach Tannennadeln. Er sagte ...« Philipp zögert, dann redet er entschlossen weiter. »Eginhard sagte: ›Dein Däd lebt nicht mehr. Er ist umgekommen.‹ Ich wollte schreien. Er preßte mir die Hand noch fester auf den Mund. Als er mich losließ, hab ich nicht mehr schreien können. Ich hab ihn gefragt: ›Warum bist du hier? Bist du nicht in Polen?‹ Er sagte: ›So weit sind wir gar nicht gekommen.‹ – Auf einmal war er weg. Ich bin nach Hause gerannt. Du hast vorm Haus gestanden. Warum, weiß ich nicht. Ich hab geschrien: ›Däd ist tot.‹ Du hast gesagt: ›Das weiß ich schon lang.‹ Du hast dich überhaupt nicht gewundert und auch nicht geweint. Du hast mich ins Haus geschickt. Ich bin in mein Zimmer gegangen und hab mich aufs Bett gesetzt und ewig lange gewartet, daß du mich rufst. Aber du bist nicht gekommen, Mama. Ich hab nach dir gesucht. Ich hab dich vorm Haus nicht gefunden, im Haus auch nicht. Ich hab nach dir geschrien, und davon bin ich aufgewacht.«

Die ganze Zeit hat er Mutter nicht angesehen. Sie hat ihm wortlos zugehört.

Er schweigt, wartet, guckt noch immer nicht auf. Doch er spürt Mutters Wärme. Sie hat sich hinter ihn gestellt und ihre Hände auf seine Schultern gelegt. Nicht fest, ganz leicht.

»Bleib sitzen«, bittet sie. Er hört ihren Atem und fragt sich, ob sie ihm böse ist und es ihm nur nicht zeigen will.

Er legt den Kopf in den Nacken und schaut zu ihr auf. Sie neigt sich zu ihm hinunter.

»An dem Traum sind Däd und ich schuld«, sagt sie. Ihre Hände drücken etwas stärker auf seine Schultern. »Du hast dich gewehrt gegen unseren Streit. Mit diesem Traum. Du hast dich nicht nur gegen diesen letzten Krach gewehrt, sondern auch gegen viele andere Kräche über Geld und meine Unzufriedenheit.«

Irgendwas muß er jetzt sagen. Mutter darf nicht einfach weiterreden. Wahrscheinlich hat sie recht. Aber daß Däd in seinem Traum stirbt, ist schrecklich.

»Aber das mit Däd«, sagt er.

Mutter bleibt sehr ernst. »Weißt du, Philipp, im Traum trauen wir uns viel weiter zu denken als in der Wirklichkeit. Deswegen ...«

Gewaltiges Gebrüll unterbricht sie. Ihre Hände verkrampfen sich kurz in Philipps Schultern.

»Das kann nur Paul sein!«

»Er ist vorhin mit dem Roller losgefahren«, sagt Philipp.

»O Gott!« Mutter stößt sich von ihm ab.

Philipp springt auf, rennt vor die Garage, wo ihm Therese und Adam schon entgegenkommen. »Der Dök! Der Dök!« kündigt Therese atemlos an.

Und Adam: »Ein Mann bringt ihn.«

Und Therese: »Er blutet wie ein Schwein.«

Und Adam: »Das sagt man nicht.«

Worauf Mutter zu lachen beginnt. »Vielleicht blutet er tatsächlich wie ein Schwein. Was ich nicht hoffen will. Denn er brüllt ganz schön kräftig.«

Daß es Paul an Kräften nicht mangelt, führt er selber vor. In Begleitung eines älteren Mannes humpelt er auf sie zu. Der Mann trägt Pauls Roller wie einen Dreschflegel über der Schulter. Er scheint mehr geschwächt zu sein als Paul.

Paul tropft zwar das Blut aus einer Wunde am Kinn, und auch die zerrissene Hose ist am Knie blutig, doch Paul ist deutlich darauf aus, Wirkung zu erzielen. Er verstärkt, kaum sieht er Mutter, das gewaltige Wehgeschrei zu einem durchdringenden Sirenengeheul.

Mutter läuft ihm entgegen.

Therese hält sich die Augen zu und ist sicher, daß ihr gleich übel wird.

Philipp setzt sich wieder auf den Gartenstuhl und beobachtet, wie Paul auf Mutters Trost wartet. Er blutet tatsächlich schlimm.

Mutter kauert sich vor Paul hin, gibt ihm einen Kuß auf die Stirn und betrachtet kritisch das Kinn. Nebenbei bedankt sie sich freundlich bei dem Mann.

Der fängt an zu erzählen, wie Paul mit dem Roller am Rinnstein hängenblieb und in weitem Bogen über den Len-

»Er blutet wie ein Schwein.«

ker geflogen ist. So, er zeigt es mit ausholender Armbewegung.

Mutter achtet schon nicht mehr auf ihn. »Ich fahr mit Paul in die Klinik. Die Wunde muß genäht werden«, sagt sie. »Philipp soll uns begleiten.«

Auf der Fahrt zur Klinik wimmert Paul nur noch. Er ist sich nicht sicher, was die Ärzte mit ihm anstellen werden.

Beim Nähen der Wunde brüllt er noch einmal seinen ganzen Schmerz hinaus.

Auf der Heimfahrt schläft er erschöpft ein.

Philipp merkt, daß ihm Mutter durch den Rückspiegel immer wieder einen prüfenden Blick zuwirft. »Da kann einem das Träumen vergehen«, sagt sie.

Er nickt bloß. »Mir ist ein bißchen schlecht.«

Mutter spricht weiter in den Spiegel hinein: »Wahrscheinlich sitzt Däd jetzt mit seinen polnischen Freunden zusammen, klönt und hat keine Ahnung, was zu Hause alles los ist. So ist das.«

Als sie in die Garageneinfahrt biegen, sehen sie, daß der Schreiner inzwischen am Werk ist. Adam und Therese unterhalten ihn.

Mutter will Paul ins Haus tragen. Philipp stellt sich ihr in den Weg. »Das darfst du nicht. Das schadet dem Baby.«

Er pocht Paul behutsam auf die Stirn: »Dök«, flüstert er, »wir sind zu Hause. Brüll bloß nicht wieder.«

Paul schlägt die Augen auf, erkennt Philipp und öffnet den Mund.

Philipp ist schneller. Er preßt entschlossen seine Hand

darauf. »Nein, Dök, die Mama kann dich nicht tragen. Sonst passiert dem Baby was. Das willst du doch nicht. Du kannst prima selber gehen.«

Das wirkt. Voller Verachtung schiebt Paul Philipps Hand zur Seite, rutscht über den Autositz, stellt sich neben den Wagen und reckt das Kinn. So können alle den dicken Verband sehen.

Therese ist tief beeindruckt: »Tut's weh?«

»Hm.« Paul humpelt Schritt für Schritt ins Haus. Auch ums Knie hat er einen Verband.

Als er außer Hörweite ist, sagt Mutter: »Die Schmerzen werden eher zunehmen. Behandelt also unseren Helden mit Vorsicht, ich bitte euch!«

Danach begrüßt sie den Schreiner und vertieft sich in ein Gespräch über Garagentüren, die mir nichts, dir nichts aus den Angeln fliegen.

Was ist ein Titer?

Therese ist launisch. Das bestreitet sie nicht.

Wenn sie sich wohl fühlt, prima drauf ist, sprüht sie wie eine Wunderkerze, kann alle mit ihrer Heiterkeit, ihrer Offenheit, ihrem Lachen verzaubern. Doch wehe, sie wird grün. Dann verschließt sie sich, will von niemandem und nichts etwas wissen.

Paul ist an solchen Tagen der einzige, der Verbindung zu ihr hält. Ihm ist es gleichgültig, ob sie ihn anbrummt oder nicht zur Kenntnis nimmt.

Er redet auf sie ein.

Philipp hält sich ebenso zurück wie Mutter. Und Däd fällt Thereses Gewittrigkeit nur selten auf, da er entweder in der Zeitung liest oder sonstwie abwesend ist.

Heute leuchtet Therese. Schon von der ersten wachen Morgenminute an. Mutter behandelt sie trotzdem mit großer Vorsicht. Sie ist nicht sicher, ob die Stimmung nicht doch umschlagen könnte. Aber ihre gute Laune scheint anzuhalten.

»Morgen kommt Däd.« Therese schmiert mit solcher Energie Honig aufs Butterbrot, daß der Honig und die Butter sich zu einer dicken Creme vermischen.

Paul verfolgt das mit hungriger Aufmerksamkeit. »Mach mir auch eins«, stößt er heraus.

»Was?« Therese begreift Pauls Wunsch nicht.

»So ein Brot!« Ihm schießt die Spucke in den Mund.

»Du hast doch schon eins. Mit Nutella.«

Paul schiebt seine Schnitte zur Seite, geradezu angewidert, und hält es für absolut notwendig, ein Brot von Therese gestrichen zu bekommen.

Sein Verband ist im Lauf der letzten fünf Tage kleiner geworden. Außerdem weiß er inzwischen, wer ihn vom Roller gestoßen hat. Der blöde Schabottmann!

»Iß erst mal deins, Paul«, sagt Mutter. Aber Therese, die heute durch nichts aus ihrer Ruhe zu bringen ist, schmiert bereits das gewünschte Brot.

Paul beginnt es nach Löwenart hinunterzuschlingen. Er knurrt und grunzt dabei.

»Paul, iß doch bitte halbwegs menschlich«, sagt Philipp.

Das kann er nicht. Philipp kriegt manchmal auf den Dök einen heimlichen Zorn, der, genaugenommen, Mutter gilt. Sie läßt dem kleinen Bruder eine Menge durchgehen, verwöhnt den Dicken.

Mutter tut so, als habe sie ihn nicht gehört. »Kommst du zum Mittagessen, oder gehst du nach der Schule gleich zur Klavierstunde?« fragt sie Therese.

Die kann sich nicht entschließen. »Weiß ich nicht.« Ratlos zieht sie die Schultern hoch.

Mutter hilft ihr, sich zu entscheiden. Sie sagt: »Ich geb dir auf alle Fälle einen Apfel und ein Brötchen mehr mit.«

Therese ist mit den Gedanken schon bei einem anderen Problem. »Haben wir Schulden?« fragt sie.

Hilfesuchend wirft Philipp einen Blick auf die große gelbe Küchenuhr. »Wir müssen gehen. Sonst kriegen wir die U-Bahn nicht.« Wobei er damit rechnet, daß die Schwester doch nicht lockerlassen wird.

»Wie kommst du darauf?« Mutter hilft Paul, seinen Schulkram vom Tisch in den Ranzen zu räumen.

»Adam hat gesagt, seine Eltern streiten immer wegen der scheußlichen Schulden. Die sagen, bald wissen sie nicht mehr, wo sie das Geld herkriegen sollen.«

Ehe Mutter antworten kann, meldet sich mit erstaunlicher Heftigkeit Paul zu Wort. Er haut mit der Faust auf den Tisch, daß das ungegessene Nutellabrot vom Teller springt, und erklärt: »Ich bin nicht schuld.« Und noch einmal: »Ich bin nicht schuld. Der Schabottmann ist schuld.«

Pauls Unverstand sorgt dafür, daß Thereses gute Laune einen feinen Riß bekommt. »Du Quatschkopf mit deinem Schabottmann.«

Philipp räumt sein Geschirr in die Spülmaschine und macht sich für die Schule fertig.

»Natürlich haben wir Schulden«, sagt Mutter, »eine Menge. Das Haus ist noch längst nicht abbezahlt. Für das Auto müssen wir noch blechen. Und sonst fehlt auch manchmal das Geld.« Sie zieht eine spaßig verzweifelte Miene. »Jetzt aber los!«

In der U-Bahn beschließt Therese, nach der Schule doch nicht nach Hause zu fahren.

Philipp drückt den Rucksack gegen die Lehne der Bank. »Ich geh zu Jochen. Und Mutter hat gesagt, daß sie am Nachmittag in die Klinik muß, zur Untersuchung. Sie bringt Paul zu Gisela.«

Sie steigen aus und rennen, wie immer, gemeinsam die Treppe hinauf. Dieses Mal hat Philipp nichts dagegen, daß Therese ihm vorausläuft. Ihm geht nicht aus dem Kopf, was Mutter über die Schulden gesagt hat. Er kann sich überhaupt nicht vorstellen, daß das Haus nicht ihnen gehört. Daß ihnen irgend jemand, vielleicht der Direktor von der Sparkasse, die Schuhschachtel wegnehmen kann. Das muß er Mutter unbedingt noch fragen, nimmt er sich vor.

Aber dazu kommt er an diesem Tag und an dem folgenden nicht. Er vergißt es, weil allzu viel auf einmal geschieht.

Es beginnt mit einem abendlichen Telefongespräch zwischen Mutter und Gisela, das Therese zufällig mithört. Eigentlich hätte sie schon schlafen müssen. Mutter hat nach ihr geschaut und sie gebeten, lieber erst morgen ins Tagebuch zu schreiben. Sie hat aber, weil sie gerade im Schwung war, doch noch ein wenig weitergeschrieben. Zwar hörte sie, daß Mutter telefonierte, doch sie achtete nicht weiter darauf. Um diese Zeit sprach sie, wenn Vater nicht daheim war, oft mit Gisela.

Doch jetzt spricht Mutter auf einmal ganz anders, aufgeregt und traurig. Ihre Stimme klingt so, als unterdrücke sie nur mit Mühe ein Schluchzen. Sie redet vom Baby. Plötzlich versteht Therese jedes Wort. Vielleicht weil vom Baby die Rede ist. Und weil Mutters Stimme sich so verändert hat.

Sie schreibt nicht einmal den letzten Satz zu Ende, klappt das Tagebuch zu, steht auf und lehnt sich mit dem Rücken gegen die Tür. Mit geschlossenen Augen lauscht sie. Wenn Mutter sie so sähe, würde sie sich ärgern.

Mutter sagt: »Ganz sicher ist es so, Gisela. Die Ärzte haben ziemlich lang gezögert, mir das mitzuteilen. Länger konnten sie nicht warten. Das hätten sie nicht verantworten können.« Sie sagt: »Der Titer im Blut ist erschreckend hoch.«

»Titer«, murmelt Therese hinter der Tür, »Titer?«

Und Mutter sagt am Telefon: »Sofort nach der Geburt muß dem Baby das Blut ausgetauscht werden. Es gibt auch englische Medikamente, die helfen könnten. Dann ist längst nicht sicher, ob es nicht völlig blöde zur Welt kommt oder verkrüppelt.« Mutters Stimme springt.

Mehr will Therese nicht hören. Sie preßt die Hände auf die Ohren und bleibt regungslos an der Tür stehen. So lange, bis ihr vor Müdigkeit oder Schreck oder Angst schwindlig wird. Vorsichtig zieht sie die Hände von den Ohren. Mutter telefoniert noch immer. Doch Therese will kein Wort mehr hören. Nichts von dem Baby. Von dem bösen Titer. Die beiden unterhalten sich jetzt jedoch über Däd und Eginhard. »Die wollen morgen zurück sein, irgendwann im Laufe des Tages«, sagt Mutter. »Das muß ich Stefan erst beibringen«, sagt sie. »Das wird nicht einfach sein.«

Therese schlüpft ins Bett und zieht die Decke über den Kopf. Sie kneift die Augen zu und versucht einzuschlafen. Es gelingt ihr nicht. Die Sätze, die sie eben gehört hat, dröhnen in ihrem Kopf.

Ob sie zu Mutter gehen soll, sie nach der Untersuchung, nach dem Baby fragen, sie fragen soll, was ein Titer ist? Sie würde sich ärgern, weil sie gelauscht hat.

Therese legt sich auf den Rücken, macht sich steif und starrt ins Dunkle. Es ist still. Wahrscheinlich liest Mutter, oder sie ist auch schlafen gegangen. Den Fernseher würde sie hören.

»Titer«, sagt sie vor sich hin. Das Wort darf sie nicht vergessen. Wörter, die sie nicht versteht, schleppt sie tagelang mit sich. Sie versucht, ihnen einen Sinn zu geben, oder sie spielt mit ihrer Rätselhaftigkeit. Titer ist ein Wort, das giftige Stacheln hat, das ihr Angst einflößt. Sie fragt sich, was Philipp zu allem sagen würde, und ob er womöglich auch gelauscht hat. Das könnte ja sein.

Mit angehaltenem Atem horcht sie. Mutter ist doch noch wach. Sie hat eine Platte aufgelegt. Therese erkennt die Musik. Sie ist von Franz Schubert, den Mutter besonders mag, vor allem, wenn sie nachdenkt oder traurig ist.

Kurz entschlossen wirft Therese die Decke zur Seite, hüpft aus dem Bett, schleicht auf Zehenspitzen zur Tür, öffnet sie leise, läuft über den Flur und verschwindet in Philipps Zimmer. Sie macht kein Licht. Das könnte Mutter auffallen.

Sie tappt zu Philipps Bett, hält an, flüstert: »Schläfst du?«

Er rührt sich nicht.

Unschlüssig reibt sie mit dem Fuß das andere Bein. Sie fröstelt. »Philipp«, sagt sie etwas entschlossener. Und sie hat Erfolg. Er regt sich. Ihre Augen haben sich inzwischen an die Dunkelheit gewöhnt. Sie kann sehen, daß er sich aufsetzt.

»Nicht erschrecken«, flüstert sie. »Ich bin's.«

Philipp ist noch nicht ganz bei sich. »Du, Therese?«

»Ja. Sei nicht so laut.« Sie sucht mit den Händen den Bettrand und setzt sich.

»Was hast du denn?«

»Ich muß dir was erzählen.«

Philipp läßt sich wütend ins Kissen zurückfallen und sagt ziemlich laut: »Und da weckst du mich! Das kannst du doch morgen. Du spinnst wohl, Therese!«

»Leise. Wenn Mama uns hört.« Fröstelnd drückt sie sich neben ihn. »Mir ist kalt. Kann ich ein Stück von deiner Decke haben?«

»Geh in dein Bett und laß mich schlafen.«

So leicht läßt sie sich nicht vertreiben. Sie zieht den Rand der Decke über sich. »Weißt du, was ein Titer ist?«

Philipp gibt keine Antwort.

»Du weißt es also auch nicht«, stellt sie fest.

»Titer?« fragt er.

»Ja.«

Philipp dreht sich zur Wand. »Nein«, murmelt er. Er möchte schlafen.

»Mama hat so was. Das macht ihr Blut krank. Das Baby auch. Deswegen muß es, wenn es geboren ist, gleich neues Blut kriegen. Und englische Tabletten.«

Sie spürt, wie er den Rücken krumm macht, als wehre er sich gegen den Titer und alle diese Dinge.

»Von wem weißt du das?«

Sie versteht ihn kaum, so leise spricht er.

»Mama hat es vorhin zu Gisela am Telefon gesagt. Sie ist doch heute zu dieser Untersuchung in der Klinik gewesen.«

»Knipst du mal die Lampe an?« Philipp setzt sich neben ihr auf und zieht ihr dabei die Decke weg.

»Du, ich friere.« Nachdem sie das Licht angemacht hat, sehen sie sich an.

Philipp bekommt die Augen nur mit Mühe auf. »Wie heißt das?«

»Titer.«

Als hätte Mutter das böse Stichwort gehört, geht die Tür auf, und sie steht auf der Schwelle. Ungläubig betrachtet sie die Szene. »Was soll das?« fragt sie mehr sich als die Kinder. »Ist das möglich?«

Therese versucht, unauffällig aus dem Bett zu rutschen.

Mutter bremst sie. »Bleib unter der Decke, Therese. Das muß doch einen Grund haben, daß ihr so spät am Abend zusammengluckt.«

Philipp sagt nichts und Therese auch nicht. Sie weiß nicht, wie sie anfangen soll. In ihrem Kopf gibt es sowieso nur ein Wort: Titer.

»Hat's euch die Sprache verschlagen?« Mutter zieht den Stuhl von Philipps Schreibtisch heran und setzt sich neben das Bett. Es sieht aus, als müßte sie sich um zwei kranke Kinder kümmern. »Nun laßt euch nicht die Würmer aus der Nase ziehen. Morgen früh kommt ihr wieder nicht aus den Betten.«

Philipp schubst Therese mit dem Ellenbogen. Womit er ihr deutlich machen will, daß sie reden soll.

Sie schluckt vor Aufregung so laut, daß es zu hören ist. »Was ist der Titer?« fragt sie.

Diese Frage hat Mutter nicht erwartet. Verblüfft sieht sie Therese an, schüttelt kaum merklich den Kopf. »Wie kommst du darauf?« fragt sie und gibt sich selber die Antwort: »Ach, du hast vorhin gelauscht, du neugierige Trine.«

Verlegen zieht Therese die Decke bis zum Kinn. »Das wollte ich nicht, das passierte einfach so. Du hast laut gesprochen. Die Tür zum Wohnzimmer stand offen.«

Mutter legt ihr beruhigend die Hand auf die Schulter. »Es reicht, es reicht. Ihr hättet es sowieso von mir erfahren, in den nächsten Tagen.«

»Ist das schlimm?« fragt Therese.

Mutter nickt und atmet tief durch. »Ja. Ich habe mir irgendwo diese Krankheit geholt. Sie wird durch Hackfleisch übertragen, auch durch Katzen.«

»Siehst du, die Kitty!« In Philipp steigt eine unglaubliche Wut hoch, aber Mutter dämpft sie gleich.

»Nein, Kitty hat keine Schuld. Die Katze besucht uns doch erst seit ein paar Tagen. Im übrigen ist es sinnlos, Schuldige zu suchen.«

»Und die Krankheit, die heißt Titer?«

Jetzt schafft Mutter es sogar zu lächeln. »Nein, Therese. Wißt ihr was, legt euch hin, und ich erklär euch, was mit mir und dem Baby los ist. Die Krankheit, die ich habe, heißt Toxoplasmose. Der Titer ist ein Blutwert, der anzeigt, wie stark ich von der Krankheit befallen bin.« Sie spricht sehr ruhig.

Therese denkt: Als ob sie das auswendig gelernt hat beim Doktor.

»Heute nachmittag hat mir Doktor Heimel, das ist der Arzt, der diese Reihenuntersuchung leitet, all das mitgeteilt. Vorher habe ich noch nie von dieser Krankheit gehört. Wenn Erwachsene sie bekommen, ist das meistens nicht weiter schlimm. Häufig merken sie's nur wie eine leichte Grippe. Wenn du aber schwanger bist, ein Kind

»Was ist der Titer«

erwartest, dann ist die Toxoplasmose eine große Gefahr.«

Sie reibt sich die Backen. Die Kinder spüren, wie schwer es ihr fällt, weiterzusprechen. »Das kranke Blut gerät sofort in den Kreislauf des Embryos – so nennt man die Babys, solange sie im Bauch sind. Aber das wißt ihr ja. Das giftige Blut kann Schäden anrichten, die nicht zu verhindern und die auch nicht zu heilen sind.«

Therese guckt auf den kugelrunden Bauch und versucht sich vorzustellen, wie das Baby dort drin krank ist.

Mutter steht auf, geht im Zimmer auf und ab. Sie spricht wieder mehr zu sich: »Ja, es ist doch gut, daß ich es euch jetzt erzähle. Hier, ihr beide im Bett und ich allein.«

»Wir sind doch da«, fällt ihr Philipp ins Wort. Ihm ist es nicht geheuer, wenn Mutter so traurig redet.

»Ja, ihr seid da.«

»Was kann mit dem Baby geschehen?« fragt Philipp.

»Was?« Mutters Stimme wird rauh. »Was? Es kann verkrüppelt zur Welt kommen. Es kann geistig behindert sein. Oder blind. Oder taub. Ach ...« Weiter kommt sie nicht. Sie lehnt sich an die Tür, mit dem Rücken zu ihnen, und schluchzt auf.

Wieder stößt Philipp Therese sachte an. Sie weiß, wozu er sie auffordert. Sie schlüpft aus dem Bett, läuft zu Mutter, umarmt sie, was ihr nur unvollkommen gelingt, denn der Bauch ist dick. »Mama, nicht weinen.«

»Doch«, sagt Mutter. Ihr Rücken bebt, und sie weint weiter. So lange, bis sie schnieft, nach Therese faßt, ihr den Kopf streichelt, sich mit dem Ärmel die Tränen aus dem Gesicht wischt und sagt: »Wenn ihr wollt, könnt ihr rüberkommen und bei mir schlafen. Nimm deine Decke mit, Philipp, und hol du deine, Therese.«

Die beiden lassen sich nicht zweimal bitten.

Philipp und Therese machen es sich in Vaters Bett bequem und warten auf Mutter, die sich noch im Bad zu schaffen macht. Sie sagen nichts, lauschen auf die Geräusche aus dem Bad. Mutter löscht das Licht, als sie ins Zimmer kommt.

»Rückt näher«, sagt sie. »Und schlaft jetzt. Ihr müßt hundemüde sein. – Ich bin es auch«, fügt sie nach einer kleinen Pause hinzu. »Jetzt fehlt bloß noch der Dök«, sagt Therese.

»Um Himmels willen!« Mutter lacht. »Wir können ja auch noch Schabottmann und Gefechner einladen.«

Vater dreht durch

Mit Mühe waren sie am nächsten Morgen aus dem Bett gekommen. Paul konnte nicht verstehen, weshalb die beiden Großen bei Mutter geschlafen hatten. Sie dachten auch nicht daran, es ihm zu erklären.

»Ist Mama krank?« fragt er in die Frühstücksrunde.

»Nein, nein«, beteuert Mutter und wischt mit der Serviette den Kakaoring auf, den seine Tasse auf dem Tisch hinterläßt. »Mir war bloß ein bißchen übel.«

»Von dem Baby?« fragt Paul.

Was Therese aufregt. »Du bist blöd, Dök, das Baby kann doch nichts dafür.«

»Doch, es kann was dafür, daß mir manchmal kotzübel ist«, sagt Mutter, »dafür sorgt das Baby. Daß ich manchmal todmüde bin, dafür sorgt das Baby. Daß ich manchmal Hunger auf Hering und dann wieder auf Schokolade oder auf beides miteinander habe, dafür sorgt auch das Baby.«

»Toll«, findet Dök, »Schokolade und Heringe!« Sein Gesicht kriegt einen lustvollen Ausdruck, und er leckt sich mit der Zunge die Lippen.

»Du Freßsack.« Therese beschließt das knappe Gespräch und verläßt die Küche.

Philipp folgt ihr.

»Schlaft mir in der Schule nicht ein«, ruft ihnen Mutter nach.

»Ich nicht«, sagt Paul.

»Nein, Dök, du nicht.«

Sie müssen am Nachmittag lange warten, bis Vater kommt. Philipp hatte gehofft, ihn schon zu Hause anzutreffen. Mutters Gelassenheit läßt im Lauf der Stunden nach.

Philipp verzieht sich zu Jochen.

Therese trifft sich mit Adam.

Paul verfolgt Mutter auf Schritt und Tritt und hält endlose Reden. Sie hört nicht hin, reagiert aber regelmäßig. Entweder sagt sie: »Was du nicht sagst, Dök!« Oder: »Das ist ja toll, mein Junge.«

Irgendwann verschwindet Paul aus ihrem Windschatten. Es fällt ihr nicht gleich auf. Da sie eine Weile für sich sein will, ruft sie nicht nach ihm, sondern legt sich auf das Sofa im Wohnzimmer.

Paul nutzt die Gelegenheit, Vaters Zimmer in Ordnung zu bringen. Gefechner hat da eine wunderbare Idee. Paul ist sich sicher, daß er Vater damit eine riesige Freude bereiten wird. Alle Bücher, die auf dem Boden oder auf den Tischchen herumliegen, räumt er mit Gefechner zusammen auf. Er läßt sie hinter den Büchern im Regal verschwinden. Weg sind sie! Gefechner ist glücklich, Paul nicht weniger.

Obwohl Paul annimmt, daß Vater sich freuen wird, nagt in ihm ein winziger Zweifel. Darum erzählt er Mutter nichts, als sie schließlich doch nach ihm sucht. »Hier bist du!« Mißtrauisch läßt sie ihre Blicke durch das Zimmer wandern. »Was treibst du hier?«

Er spielt das Unschuldslämmchen. Das kann er meisterhaft. Wenn er sich so gibt wie jetzt, wird er Mutter unheimlich.

»Ist alles in Ordnung, Dök? Wirklich in Ordnung?«

Paul drückt sich an ihr vorbei und verschwindet.

Obwohl sie sich prüfend umschaut, fällt ihr nicht auf, wie tadellos Gefechner die Bücher weggeräumt hat.

Als Therese von Adam zurückkommt, wagt sie nicht, nach Däd zu fragen. Philipp ebensowenig. Sie verkrümeln sich in ihre Zimmer.

Philipp macht seinen Kassettenrecorder an, paßt jedoch auf, daß die Musik nicht zu laut wird.

Therese schreibt in ihr Tagebuch, sie versucht es wenigstens. Zwischen jedem Satz denkt sie Löcher in die Luft. Sie schreibt:

Wir warten auf Däd. Er ist noch in Polen. Mama hat mit dem Baby eine furchtbare Krankheit. Das muß sie Däd heute sagen, wenn er nach Hause kommt.

Obwohl es auf der Straße lärmt, hört Philipp Vaters Auto. Er reißt die Tür zum Flur auf: »Däd ist da!«

Wie immer, wenn Vater von einer längeren Reise heimkehrt, wirbelt er vergnügt alles und alle durcheinander. Er nimmt Mutter so heftig in die Arme, daß sie sich wehrt: »Du drückst das Baby, Stefan.« Da hat er schon Paul auf dem Arm, Therese auf die Stirn geküßt und Philipp in die Backe gekniffen.

Ankommen kann Vater toll! Mutter hat ihm das mal vorgeworfen: »Wenn du auf Reisen gehst, schleichst du dich aus dem Haus und das schlechte Gewissen hinter dir her. Wenn du heimkommst, ist das schlechte Gewissen unterwegs auf der Strecke geblieben, und du spielst mit Getöse Stefan den Weltumsegler.«

»Hast du was mitgebracht?« Paul kann seine Neugier nicht länger zügeln. Vater kommt nie ohne Mitbringsel.

»Ich hab alles griffbereit hier in der Tasche.«

Die Kinder folgen ihm wie einem Rattenfänger ins Wohnzimmer. Nur Mutter hält inne, bleibt einen Moment länger im Flur. Philipp blickt über die Schulter, guckt, ob ihr was fehlt. Sie lächelt ihm zu.

»Aufgepaßt!« Vater öffnet die Tasche. Als erstes läßt er einen handgroßen, sonderbar mageren, dafür sehr langrüsseligen Elefanten über den Taschenrand springen. »Das ist einer der ungeheuer seltenen polnischen Elefanten«, sagt er, »die dort übrigens Pan Fant heißen. Es drängt ihn natürlich zu dir, mein Dök, du Elefantenspezialist.«

Paul strahlt, nimmt das Wolltier in Empfang und drückt es an die Brust.

»Der geht nicht kaputt«, versichert Vater, während er eine buntbestickte Haube hochhält. Die drückt er Therese auf den Kopf. »Das ist eine Goralenmütze«, erklärt er. »Goralen sind polnische Tiroler oder so was Ähnliches. Aber das ist nicht so wichtig.«

Therese rennt zur Garderobe, zum Spiegel. Sie findet, daß ihr das Mützchen gut steht.

Philipp und Mutter bekommen Schallplatten überreicht. Er polnischen Jazz und sie die Walzer von Chopin.

So hätte es weitergehen können. Alle freuen sich. Vater besonders.

Plötzlich kracht alles auseinander.

Vater hat den Koffer und die Tasche in sein Zimmer gebracht.

Therese steht noch immer vorm Spiegel.

Paul hat sich mit Pan Fant in sein Zimmer verzogen.

Philipp legt eben die neue Platte auf.

Mutter sitzt auf der Couch und liest, was auf der Plattentasche über Chopin und seine Walzer geschrieben steht.

Zuerst ist ein Aufschrei zu hören. Ein wildes, wütendes, langgezogenes Neeiin. Dem antwortet ein sehr leises, erschrockenes »Nein«. Es kommt von Mutter auf dem Sofa.

Philipp stellt den Plattenspieler ab.

Therese erstarrt vor dem Spiegel. Sie drückt die Arme an den Körper. Das Mützchen ist ihr in die Stirn gerutscht.

Paul gibt keinen Ton von sich, er hat seine Rede an Pan Fant unterbrochen.

Vater ist in den Flur getreten und brüllt: »Wer war das?« Und noch einmal: »Wer war das?«

»Was ist denn geschehen?« Mutters Frage erreicht ihn nicht.

Ängstlich sieht Philipp, wie Mutter sich mühsam aufrichtet, sich auf dem Tisch abstützt und das Gesicht verzieht. Er will sie bitten, sich doch wieder zu setzen. Das schafft er nicht mehr. Vater kommt ins Wohnzimmer geschossen und hätte Mutter beinahe umgerannt, die ein paar Schritte auf die Tür zugegangen ist.

»Was ist denn geschehen?« wiederholt Mutter leise.

Vater ringt nach Luft. »Die Bücher! Alle Bücher, die ich für meinen Artikel über Polen zurechtgelegt habe, sind verschwunden. Sie lagen aufgeschlagen da, oder ich hatte Lesezeichen zwischen die Seiten geschoben. Nichts!« Er wedelt mit den Armen. »Weg. Futsch. Alle Arbeit umsonst!« Seine Stimme überschlägt sich.

Mutter bleibt ruhig. Wenn Vater ausflippt, nennt sie das »seine Zustände« und behandelt ihn mit größter Vorsicht.

»Ich bin eben noch in deinem Zimmer gewesen«, sagt sie nachdenklich. »Mir ist nichts aufgefallen. Vielleicht kann Paul ...«

»Dök!« brüllt Vater.

Paul rührt sich nicht, hält sich in seinem Zimmer verschanzt. Zusammen mit Pan Fant und Gefechner. Wie soll er Däd auch klarmachen, daß Gefechner diesen Einfall hatte.

»Dök!«

Mutter schüttelt den Kopf, beginnt sachte zu schwanken und schiebt die Hand unter den Bauch.

»Dök!« Vater denkt nicht daran, nachzugeben. In seinem Zorn fällt ihm nicht auf, daß Mutter sich nur noch mit Mühe aufrecht hält.

Philipp ist jetzt alles egal. Er nimmt allen Mut zusammen und brüllt wie Vater: »Hör doch auf! Du und deine blöden Bücher! Mama ist ganz schrecklich krank!«

Vater sieht ihn an, als wäre er ein Geist. Er kann es nicht fassen, daß außer ihm noch jemand brüllt. »Was?«

Philipp weicht einen Schritt zurück. Mutter schiebt sich zwischen ihn und Vater.

»Was faselst du?« Vater ist nun ruhiger.

Philipp tritt neben Mutter: »Es ist wahr, Däd. Mama ist krank. Du machst einen Zirkus hier ...«

Behutsam drängt er Mutter zum Sofa. Sie läßt es zu,

Philipp ist jetzt alles egal.

setzt sich und schaut mit einem entschuldigenden Lächeln Vater an.

Vater achtet nicht mehr auf Philipp, der sich im Hintergrund hält. »Du bist schwanger, Lene«, sagt er, »aber nicht krank.«

»Beides«, antwortet sie.

Jetzt kriegt sie es hin, denkt Philipp, daß Vater ihr zuhört und die Bücher und Dök vergißt.

Vater nimmt tatsächlich Platz. Mutters Antwort hat ihn erschreckt. Mutter erzählt, was Philipp schon weiß.

Vater hört zu, ohne Fragen zu stellen. Zum Schluß, als Mutter meint, daß sie ja Glück haben können und ein guter Engel dem Baby beisteht, rutscht er neben Mutter, legt den Arm um sie. Wie zufällig sieht er zu Philipp hin. »Danke, daß du mich wieder auf den Boden gebracht hast!«

Mutter bittet Philipp, zusammen mit Therese in der Küche fürs Abendbrot zu decken.

Als es soweit ist, sie rund um den Tisch sitzen, Paul den neuen Wächter, Pan Fant, neben seinem Teller postiert hat, ist keine Rede mehr von den verschwundenen Büchern, sondern Vater erzählt von seinen Erlebnissen in Polen.

Am andern Morgen, Vater schläft noch, schleichen Mutter und Paul und natürlich Gefechner in Vaters Zimmer und holen die Polenbücher aus dem Regal.

Das genügt schon. Fürs weitere muß Däd sorgen, findet sie. Eins jedoch möchte sie auf alle Fälle wissen: »Das haben wir Schabottmann zu verdanken, Paul?«

»Nein, dem Gefechner.«

Mutter staunt. Sie kann es nicht glauben.

Clara

Den dreißigsten Mai werden die Kinder nicht vergessen. Er fängt ungewöhnlich an und hört auch so auf.

Sie werden von Vater geweckt. Er kommt zuerst zu Philipp, der schon wach liegt.

Das Fenster steht weit geöffnet, denn die Nacht war warm gewesen. Die Vögel toben in den Bäumen.

»Ich habe vor ein paar Stunden Lene ins Krankenhaus gebracht«, sagt Vater. »Gestern abend hat sie die ersten Wehen bekommen.«

Mit einem Satz ist Philipp aus dem Bett. Vater hält ihn auf. »Du kannst, wenn du magst, noch zehn Minuten liegenbleiben. Ich bin zu früh dran. Vielleicht sollten wir beide besprechen, was wir heute zu tun haben.«

Philipp legt sich wieder hin. Vater setzt sich zu ihm, was Philipp verwirrt. Das hat Vater noch nie getan. Nicht einmal, wenn er krank im Bett blieb. Dann hat er wohl hereingeschaut und gefragt, wie es geht, und sich mit einem lustigen Spruch gleich wieder verabschiedet. Oder auch mal ein kleines Geschenk auf die Decke gelegt.

Vater kommt Philipp fragender und hilfloser vor, vielleicht auch dünner und jünger.

»Hast du Bammel?« fragt er ihn.

»Und du?« fragt Däd zurück.

»Ja.«

»Ich auch.« Er umfaßt mit der Hand Philipps Arm. »Wir sind schon zwei Helden. Aber Lene entläßt uns ja nicht unvorbereitet in die rauhe Wirklichkeit.«

Vater hat recht. Eine ganze Zettellandschaft hat Mutter in den letzten Tagen an den Küchenschrank geklebt. Mit Telefonnummern von Gisela, den Tantchen, den Großis, dem Krankenhaus. Sie hat sie nach ihrer Wichtigkeit unterstrichen. Giselas Telefonnummer am dicksten. Sie käme sofort, wenn sie Unterstützung brauchten. Mit Terminen von der Schule, von Thereses Klavierstunde, von der Müllabfuhr.

Mutter hat, als sie die Zettel anbrachte, beteuert, Philipp und Therese wüßten ja über alles Bescheid, doch sie könnten, falls es drunter und drüber ginge, auch manches vergessen. Im Grunde sei nur eines wichtig, daß sie es so machten wie sonst auch.

»Komm!« Vater steht auf. »Deine Schonfrist ist um. Gehen wir Therese und Paul wecken.«

Die beiden sind sofort hellwach.

Therese läuft ins Bad, verspricht, sich zu beeilen. Nur möchte sie noch wissen, wann das Baby denn kommt. Ob schon am Vormittag? Das wäre schade. Da wäre sie noch in der Schule.

Vater beruhigt sie. »Wahrscheinlich werden wir lange warten müssen. Das wird aufreibend genug werden.«

Paul wandert in Begleitung von Pan Fant aufs Klo.

Therese bittet Philipp, ihr den Zopf zu flechten.

In der Küche stimmt nichts.

Der Tisch ist nicht gedeckt.

Pauls Ranzen steht nicht zum Ausschütten bereit.

Die Milch ist nicht gewärmt.

Der Honig ist ausgegangen.

Doch niemand beklagt sich, nicht einmal Paul. Er sitzt

abwartend da, vergißt, seinen Ranzen nachzuprüfen, und erzählt Pan Fant, daß Mama heute ein Kind kriegt. Vielleicht einen Bruder. Vielleicht auch eine Schwester. Weil ihm die beiden Sätze gefallen, fängt er an, sie zu singen. Und steigert sich bei jeder Wiederholung in der Lautstärke. Er brüllt.

Dem allerdings sind Vaters angegriffene Nerven nicht gewachsen. »Schnauze«, raunzt er.

Der ungewohnte Rüffel wirkt. Paul hört unvermittelt auf und schaut Vater fassungslos an.

Was Vater wiederum verwirrt. »Na ja«, verteidigt er sich. »Du mußt dich nicht wundern, Dök, die Lage ist ernst.«

Das stellt nun auch Paul fest. »Mein Kakao«, mahnt er.

Vater hat sich gefaßt und kommt Therese zuvor, die Paul den Mangel erklären will: »Ja, den gibt es nicht. Vielleicht auch morgen und übermorgen nicht. Du wirst dich daran gewöhnen, Dök. Nimm Milch aus dem Krug, die wird dir auch nicht schaden.«

Nun ist Paul doch den Tränen nah. Therese kann endlich eingreifen. Sie reicht ihm den Ranzen, und er kippt ihn, sichtlich erleichtert, auf dem Tisch aus. Philipp kann gerade noch die Milchgläser beiseite räumen.

Verblüfft beobachtet Vater das Geschehen. »Wozu soll das gut sein?«

»Der Dök möchte kontrollieren, ob er auch wirklich alles für die Schule im Ranzen hat.«

»Ich wußte gar nicht, daß er so ordentlich ist«, sagt Vater.

Therese weiß es besser: »Mutter sagt, das hat mit Ordnung nichts zu tun. Das ist ein Zwang.«

Und sie kann nur staunen, was sie mit ihrer Erklärung anrichtet. Vater lacht und hört nicht mehr auf. Lacht und lacht. Und ringt auch noch nach Luft, als Philipp und Therese sich verabschieden.

»Macht's gut! Ich bringe Dök zur Schule, und Gisela holt ihn, wie verabredet, von dort ab.«

Philipp wartet nach dem Unterricht im Hof auf Therese. Sie hat eine Stunde später aus. Er genießt es, für sich zu sein, setzt sich auf das Mäuerchen. Die Sonne strahlt so warm, daß er die Jacke ausziehen kann.

Viele Gedanken tanzen ihm durch den Kopf. Sie haben alle mit dem Baby und Mutter zu tun. Hoffentlich geht es Mama gut, denkt er. Hoffentlich hat sie keine Schmerzen. Hoffentlich ist das Baby gesund. Er beginnt sich darüber zu ärgern, daß alle seine Gedanken mit einem Hoffentlich anfangen.

Im Schulhaus wird die Pausenklingel laut, danach das Stimmengetöse der Schüler.

Philipp zieht die Jacke an und schlendert über den Schulhof zum Tor.

Unterwegs holt ihn Therese ein, zupft zur Begrüßung an seinem Rucksack. »Was wohl Däd inzwischen erfahren hat?« fragt sie. Darauf braucht er nicht zu antworten.

Die U-Bahn ist, wie immer zu dieser Zeit, überfüllt. Wortlos stehen sie in dem Gedränge nebeneinander. Paul hat das Gefühl, daß ihre Gedanken von Kopf zu Kopf springen. Vielleicht, fragt er sich, denkt Therese auch daran, wie das Baby heißen soll und warum Mama und Däd sich nie mit ihnen darüber unterhalten haben.

Vater hat gekocht. Minestrone, die kann er ausgezeichnet. Die Brühe ist dick von den verschiedenen Gemüsen. Der aromatische Dunst empfängt sie schon an der Tür. Aber bevor sie ihn einschnaufen und Däd loben, fragen sie wie aus einem Mund: »Hast du was von Mama gehört?«

Er wischt sich die Hände an den Jeans ab. »Die Wehen sind nicht stärker geworden«, sagt er. »Es kann noch eine Zeit dauern. Wenn nicht diese Sache mit dem Blutaustausch wäre, könnte ich dabei sein. So aber ...«

Therese faßt ihn an der Hand. Sie findet es gut, wenn Däd sie so ins Vertrauen zieht. Er hat Angst wie sie und Philipp, und er weiß genausowenig wie sie.

Die Minestrone schmeckt so gut, wie sie duftet. Toll!

Er ist stolz. Er freut sich. »Schade, daß Dök nicht mit uns essen kann.«

»Der frißt sich mit Minestrone immer die Hucke voll«, bedauert Therese.

Freundlich mißbilligend sieht Vater sie an: »Ihr drückt euch schon stark aus.«

»Weißt du, wie das Baby heißen soll?« Wenn Therese etwas sehr beschäftigt, öffnet sie abwartend den Mund.

»Oje.« Vater denkt wahrscheinlich an die Diskussion mit Mutter und seufzt gleich noch einmal: »Oje. Das wird was geben. Wir haben uns nämlich noch immer nicht entschieden.«

Er tippt sich an die Stirn. »Paßt auf, ich hab eine Idee. Ich schreibe alle Namen, die Lene und mir brauchbar vorkamen, auf drei Zettel. Denn im Moment sind wir zu dritt.

Jeder kreuzt den Namen an, der ihm am besten gefällt. Ein Mädchenname und ein Jungenname. Mutter kann die Namenswahl im Krankenhaus nachholen.«

»Und Paul?« fragt Therese, die immer um die Rechte des kleinen Bruders besorgt ist.

»Und selbstverständlich auch Paul.«

Vater reißt von Mutters Küchenblock zwei weitere Blätter ab und beschriftet sie sorgfältig für Lene und Paul. Dann gibt er Philipp und Therese die »Wahlzettel«.

Therese rutscht mit dem Stuhl ein wenig zur Seite, damit Philipp nicht sehen kann, was sie ankreuzt.

Auf dem Zettel stehen drei Namen für Mädchen und drei für Jungen: Anna, Clara und Laura, Benjamin, Friedrich und David.

»Die Mädchennamen enden ja alle mit einem a«, bemerkt Therese und ist schon dabei, ihre Wahl zu treffen. Sie macht hörbar und sichtbar zwei dicke Kreuze.

»Das ist mir noch gar nicht aufgefallen.« Vater murmelt die drei A-Namen und kreuzt so rasch an, daß die andern es kaum mitkriegen.

Philipp malt seine Kreuze hinter Clara und David.

Bei den Mädchennamen ist er sich nicht sicher. Laura gefällt ihm beinahe so gut wie Clara. Annas sind zwei in seiner Klasse, und die sind beide ziemlich albern. Clara, findet er, ist ein heller Name, der leuchtet richtig.

Vater sammelt die Zettel ein und legt seine Hand darauf. »Wie sollen wir vorgehen? Jetzt schon nachsehen, wozu wir drei uns entschieden haben, oder warten, bis die beiden anderen auch gewählt haben?«

Therese ist schneller als Philipp: »Jetzt!« sagt sie, zieht

den Stuhl nah an den Tisch und beugt sich erwartungsvoll nach vorn. »Spiel nicht so rum, Däd, bitte.«

Zettel für Zettel faltet er, schirmt sie mit beiden Händen ab, so daß sie nichts lesen können. Dann schmunzelt er, schüttelt ungläubig den Kopf. »Das hätte ich nie erwartet. Drei Stimmen für David! Also, wenn es ein Junge wird, hat er seinen Namen schon weg. Und bei den Mädchen – eine Stimme für Anna.« Therese nickt eifrig. Vater sieht sie von der Seite an. »Eigentlich handelt es sich ja um geheime Wahlen, Therese.«

Therese nickt pflichtschuldig.

Vater fährt fort: »Und zwei Stimmen für – na, was meinst du, Therese?«

»Für Laura.« Das kommt wie aus der Pistole geschossen.

»Nein«, triumphiert Vater. »Ich kann's selber nicht glauben: für Clara.«

»Den Namen finde ich auch schön«, sagt Philipp.

Während er danach sein Zimmer halbwegs in Ordnung bringt, fällt ihm mit Schrecken ein, daß es ihm höchstens noch für zwei Tage und zwei Nächte alleine gehört. Dann wird Paul einziehen.

Philipp ist aufgefallen, daß es Vater während des Essens und während der Wahl kaum auf dem Stuhl gehalten hat. Ständig rutschte er hin und her, stand für einen Augenblick auf. Er wollte ihnen nicht zeigen, wie unruhig er war, sie nicht mit seiner Unruhe anstecken.

Um Vater nicht weiter auf die Nerven zu gehen, bleibt er im Zimmer und fängt die Matheaufgaben an. Die Zahlen wehren sich noch heftiger gegen ihn als sonst.

»Murks«, murmelt er. Er legt sich aufs Bett, verschränkt die Arme unterm Kopf und guckt an die Decke und horcht.

Therese hat sich wohl auch zurückgezogen.

Däd tigert durch die Wohnung. Er folgt anscheinend einem festen Weg, denn er kommt in regelmäßigen Abständen an Philipps Zimmer vorbei. Wie die U-Bahn, denkt Philipp.

Als das Telefon klingelt, sitzt er wie eine Eins auf dem Bett und hält den Atem an.

Däd flucht. Er scheint gestolpert zu sein. Dann brüllt er ins Telefon: »Ja?«

In Philipps Kopf fragt es ebenso: Ja?

Däd brüllt schon weiter: »Ach, Frau Hansen. Das ist völlig unwesentlich. Legen Sie um Himmels willen auf! Ich könnte gerade jetzt aus der Klinik angerufen werden!«

Er knallt den Hörer so heftig auf den Apparat, daß Philipp fürchtet, er könnte kaputtgehen. Frau Hansen ist Däds Sekretärin in der Redaktion.

Soll er hinausgehen und Däd doch Gesellschaft leisten? Er ist sich nicht schlüssig und stellt sich ein Orakel: Wenn das Telefon in den nächsten fünf Minuten nicht mehr schellt, geh ich raus.

Die Entscheidung wird ihm abgenommen. Das Telefon klingelt. Wieder wackelt die Schuhschachtel, weil Vater mit weiten Sätzen zum Apparat sprintet. Dieses Mal ist es Eginhard. Der bekommt auch sein Fett ab. »Ach, du. Doch jetzt nicht. Nein, nein. Ich weiß nichts. Noch gar nichts. Ich ruf dich an, wenn es soweit ist! Nein, ich vergeß es nicht!«

Wieder knallt er den Hörer wie einen Hammer auf das Telefon. Peng!

Philipp zieht den Kopf ein.

Jetzt ist Therese bei ihm. Es scheint ihr nicht leichtzufallen, mit ihm Schritt zu halten.

»Aua«, klagt Vater. Er muß sich gestoßen haben.

Das Tempo des Rundgangs verlangsamt sich. Vielleicht hält Therese ihn auf. Philipp liegt wieder halbwegs entspannt.

Er ist sogar etwas ins Dösen geraten, als Therese ins Zimmer stürzt. Erschreckt setzt er sich auf. »Ist was?«

Sie nickt aufgeregt, legt den Finger warnend auf die Lippen, kommt auf Zehenspitzen zu ihm und flüstert ihm ins Ohr: »Däd ist besoffen.«

»Quatsch. Er ist aufgeregt. Er wartet.«

Therese will weiter in sein Ohr flüstern. Er unterbricht sie: »Warum denn besoffen?«

»Er hat im Wohnzimmer auf den Couchtisch eine Kognacflasche gestellt. Jedesmal, wenn er vorbeisaust, trinkt er einen Schluck.«

»Aus der Flasche?« fragt Philipp.

»Ja.« Therese reißt die Augen auf.

»Mannomann«, staunt Philipp.

Therese will es sich eben auf dem Schreibtischstuhl bequem machen. Vaters Sauseschritt hat sie erschöpft. Da klingelt das Telefon wieder.

Vater ist so schnell wie vorher, mit dem Unterschied, daß er zweimal aneckt und zweimal fürchterlich flucht. »Ja«, schreit er in den Hörer. Danach sagt er eine Weile nichts. »Lene«, sagt er dann leise.

»Alles, alles dran?«

Therese packt Philipp am Arm und zieht ihn hinter sich her. Sie stellen sich hinter Vater auf.

»Geht es dir gut?« fragt er. »Wann?« fragt er. »Vor zwanzig Minuten«, sagt er. »Und da rufst du schon an? Mensch, Mädchen. Geht es dir wirklich gut? Und das Baby? Ein Mädchen? Tatsächlich. Es ist alles dran«, sagt er. Nun wieder ziemlich laut und erregt: »Alles, alles dran?« Und nach einer Weile: »Du bist sicher jetzt müde, Lene. Ich komm gleich. Jaja, vorher gebe ich Gisela Bescheid, klar. Ach, du. Ich bin gleich da. Schlaf ein bißchen.«

So haben sie Vater nie reden gehört. So leise und so laut durcheinander. So lieb.

Und der Däd, den sie nun erleben, ist ihnen auch neu. Er legt behutsam den Hörer auf und dreht sich zu ihnen um. »Ihr habt eine Schwester«, sagt er, »Clara.«

Er zieht die beiden an sich. Er riecht schrecklich nach Kognac. Plötzlich geht ein Beben durch seinen Körper. Sie hören ihn, das Gesicht gegen seinen Bauch gepreßt, schluchzen. Däd weint. »Es ist alles dran, alles dran«, sagt er. »Es ist alles dran, Beinchen und Ärmchen. Die Clara!«

Schnell faßt er sich wieder. »Ich ruf Gisela an und fahr mit der U-Bahn zur Klinik. Klar?«

»Klar«, antwortet Philipp.

»Die Viertelstunde, bis Gisela mit Paul auftaucht, haltet ihr allein aus.«

»Klar«, sagt Philipp entschlossen.

Däd zieht sich die Jacke über und nimmt den Schlüssel vom Haken.

»Grüß die Mama«, bittet Therese.

»Ja!« ruft Philipp.

»Morgen könnt ihr sicher schon mit ihr telefonieren oder sie besuchen.«

»Das Baby auch?«

»Das ist in die Kinderklinik gebracht worden«, sagt Däd. Über sein Gesicht huscht ein Schatten.

Sie gehen in die Küche. Philipp stellt Mutters kleines Radio an.

»Sie heißt Clara, aber mit C.« Therese wundert sich über alles, was an diesem Tag passiert.

»Ob Mama riecht, daß Däd Kognac gesoffen hat?« fragt Philipp.

»Bestimmt!« Therese ist sich sicher.

Ohne Mutter und Clara

Gisela zieht ein, und Vater überläßt ihr, wie er feierlich erklärt, Haus und Schlüssel. Danach macht er sich mehr oder weniger unsichtbar. Wenn er nicht Mutter besucht, hält er sich in der Redaktion auf, kommt erst spät heim und schläft auf der Liege in seinem Zimmer. Das Schlafzimmer hat er Gisela überlassen, obwohl die auch mit dem Sofa im Wohnzimmer zufrieden gewesen wäre.

Gleich am Tag nach Claras Geburt besuchen alle zusammen Mutter in der Klinik. Gisela sorgt dafür, daß man sie »vorzeigen« kann, will aber selber nicht mitkommen. Sie telefoniere später mit Lene, nach alter Gewohnheit.

Philipp gefällt es, wie sie Dinge energisch regelt und sich schnell entscheidet. Er findet Gisela auch beinahe so hübsch wie Mama; sie ist genauso zierlich, zieht sich nur viel verwegener an und trägt das lange, schwarze Haar offen.

Therese hat Gisela nie sonderlich gemocht. Nun, da sie Mutter vertritt, geht sie ihr lieber, wenn sie nicht gebraucht wird, aus dem Weg. Immerhin hat Gisela sie gleich mit einer verantwortungsvollen Aufgabe betraut. Sie soll Telefondienst machen. Beispielsweise den Tantchen und den Großis den neuesten Stand der Dinge durchgeben. Das tut sie mit Hingabe.

Paul hängt wie eine Klette an Gisela. Er hat Philipp anvertraut, daß er sie später mal heiraten wird, weil sie keinen Mann hat.

Für den Besuch bei Mutter hat Gisela für jeden ein Bund

Maiglöckchen besorgt. Die drei zusammen werden zu einem üppigen Strauß, über den Lene sich bestimmt freut. Das findet Vater auch.

Gisela begleitet sie bis zum Auto, winkt ihnen nach. »Grüßt die Lene von mir!«

Beim Einsteigen stellt Vater fest, daß Paul an beiden Schuhen die Schnürsenkel aufhat. Paul nimmt den Hinweis mit ernstem Nicken zur Kenntnis und schiebt sich neben Therese auf den Rücksitz.

Sie fahren über die Mainbrücke und haben Gelegenheit, gleich mehrere Schiffe zu bewundern.

»Guck mal!« Therese dreht mit beiden Händen Pauls dicken Kopf in die andere Richtung. »Da schwimmt ein Schiff mit vielen Leuten drauf.«

»Aua«, beklagt sich Paul und reibt sich den Nacken.

Vater, der sie durch den Rückspiegel beobachtet, weist Therese freundlich zurecht: »Der Dök ist doch kein hölzernes Bengelchen.«

Sie fahren in einer Kurve auf einen Schlagbaum und ein Wärterhaus zu. Vater sagt dem Pförtner, daß er zur Frauenklinik will, und die Schranke geht hoch.

Sie kommen in eine Stadt mit vielen hohen, mächtigen Häusern.

»Wo ist denn nun die Klinik?« fragt Therese.

»Das sind alles Kliniken«, erklärt Däd. »Die vielen Kliniken zusammen nennt man Universitätsklinik. Wenn du im Bauch oder am Herzen krank bist, kommst du in ein anderes Haus, als wenn dir was am Auge fehlt.«

»Und die Kinder haben auch eine Klinik für sich«, ergänzt Philipp.

»Ja, die werden wir kennenlernen, wenn wir in den nächsten Tagen Clara besuchen.«

Komisch, denkt Philipp, wir haben Clara noch nicht einmal gesehen, aber wir sprechen von ihr, als gehöre sie schon lange zu uns. Vielleicht, weil wir so lange auf sie gewartet haben.

»Die Clara!« sagt er laut, wie um hinter seine Gedanken einen Punkt zu setzen.

»Die gucken wir uns jetzt an«, sagt Paul.

Therese wirft ihm einen empörten Blick zu: »Nein, wir besuchen Mama. Clara dürfen wir noch nicht sehen. Die kriegt neues Blut.«

Vater stoppt das Auto vor einem alten hohen Gebäude und freut sich, daß er so einen günstigen Parkplatz gefunden hat.

»Das ist Mamas Klinik.«

Therese legt den Kopf in den Nacken und schaut hinauf bis zum Dach. »So ein altes Ding.«

»Kommt schon.« Vater drängt. »Hauptsache, die Ärzte sind nicht auch so alt«, sagt er. »Habt ihr eure Blumen?«

Sie haben die Sträußchen nie aus der Hand gelegt.

Die Klinik scheint vor allem aus vielen endlosen, gleich aussehenden Gängen zu bestehen, in denen es nach Zahnarzt riecht. Die meisten Frauen, denen sie begegnen, kommen wohl gerade vom Waschen. Sie haben alle Bademäntel an. Therese findet das sehr sonderbar.

Vater muß noch einmal eine Schwester nach der Station fragen. Er bedankt sich und beschleunigt seine Schritte.

Sie rennen ihm hinterher, die Treppen hoch, einen weiteren Gang entlang, und hier passiert es: Paul fliegt direkt vor Philipp der Länge nach hin, schlittert auf dem glatten Boden noch ein Stück weiter, bleibt auf dem Bauch liegen und erhebt ein furchtbares Geschrei. Die Maiglöckchen hält er fest in der Hand.

Vater zieht ihn hoch. Er ist verlegen und wütend zugleich und bekommt einen roten Kopf. »Sei doch still«, zischt er.

»Vielleicht hat er sich was gebrochen«, wagt Therese einzuwerfen.

Vater mustert Dök von oben bis unten und stellt entschieden fest: »Nein.« Doch er entdeckt den Ursprung des Unglücks: die offenen Schnürsenkel!

»Du hast sie dir ja doch nicht gebunden. Ich kann's nicht fassen.«

Paul schluchzt trocken. »Der Schabottmann«, stammelt er. Und fügt noch hinzu: »Weil ich doch keine Schleifen machen kann.«

Vater kauert sich vor ihm hin, schnürt ihm die Schuhe und sagt: »Verdammter Schabottmann.« Danach putzt er ihm Nase und Gesicht. »Ein Wunder, daß du die Blümchen gerettet hast.«

Das erfüllt Paul mit Stolz. Däd nimmt ihn an die Hand und klopft an eine der Türen.

»Ja«, sagt eine fremde Frauenstimme.

»Ja«, sagt eine andere Stimme, und das ist die von Mutter.

Sie betreten das Zimmer. Es ist ihnen richtig feierlich zumute. Doch Mutter lacht, wenn auch etwas mühsam. »Ich habe euch schon erwartet. Ihr seid unüberhörbar! Es konnte niemandem entgehen, daß die Scheurers im Anmarsch sind.«

Unauffällig mustert sie Paul, der sich überraschend schnell von dem Schrecken erholt hat. Er übergibt ihr als erster die Blumen, dann Therese, dann Philipp.

»Was für ein schöner großer Strauß.« Sie schnuppert an den Blüten. »Danke!«

Sie setzt sich auf.

Sie sieht ein wenig entrückt und blaß aus.

Therese nimmt ungeniert auf dem Bett Platz. Als habe sie als einzige das Recht dazu.

Vater holt sich einen Stuhl und nimmt Paul auf den Schoß.

Philipp bleibt stehen. Wenn er dürfte, würde er Mutter vorsichtig umarmen. Aber das wagt er nicht.

Däd und Mama unterhalten sich. Sie legt die Hand auf die Brust. »Die Brüste werden schmerzen«, sagt sie. »Ich darf Clara nicht stillen. Ich habe eine Spritze bekommen. Und wie geht's euch?« fragt sie und schaut sie nacheinander besorgt an.

»Uns geht's prima«, beteuert Däd.

»Wir schaffen es schon«, sagt Philipp.

»Ganz bestimmt!« sagt Therese.

Mutter legt sich zurück, setzt sich aber gleich wieder auf, als Däd nach Clara fragt.

»Ich hab sie noch immer nicht sehen dürfen. Heute abend aber! Das hat mir Professor Frommel versprochen.«

Philipp sieht, daß ihr Tränen in den Augen stehen. Sie weint jedoch nicht. Sie verbeißt das Weinen und macht sich

Mut: »Immerhin mußte das Blut nicht ausgetauscht werden. Die Ärzte versuchen es mit diesem neuartigen englischen Mittel.«

Vater erzählt von einem Artikel über Claras Krankheit, den er ausgeschnitten, aber zu Hause liegengelassen hat. In dem werde auch ein neues Medikament genannt.

»Ich vertraue den Ärzten hier, Stefan«, sagt Mutter.

Sie fragt Therese nach der Schule aus. Philipp ebenso. Von Paul will sie wissen, ob er morgens immer rechtzeitig aus dem Haus komme. Und als sie alle gefragt und von allen auch mehr oder weniger ausführliche Antworten bekommen hat, lehnt sie sich zurück und seufzt: »Meine Clara.« Sie ist müde.

Sie verabschieden sich, geben Mutter einen Kuß auf die Stirn. Und nicken der anderen Frau zu. Therese trippelt auf Zehenspitzen zur Tür. Philipp findet das albern und boxt sie: »Du hast ja eine Meise.«

»Philipp!« ruft Mutter. Er zieht den Kopf ein.

Kaum zu Hause, wollen sie Gisela alles haarklein erzählen. Aber sie haben keinen Erfolg. »Ich weiß schon alles. Lene hat inzwischen angerufen. Und sie hat mir auch einen Auftrag gegeben: Sie hält es für sinnvoll, wenn Paul heute noch zu Philipp zieht. So wird sein Zimmer frei, und ich kann es für Clara vorbereiten.«

Therese kann das nicht verstehen. »Das ist doch Mutters Aufgabe.«

Gisela läßt sich nicht beeindrucken. »Ja, Therese. Du kannst mir helfen, wenn du magst.«

Ehe Paul umzieht, verschwindet Däd. »Ich muß unbedingt noch einmal in die Redaktion.«

Alle Befürchtungen erweisen sich als falsch. Mit Paul gibt es so gut wie keine Aufregungen. Er erklärt sich bereit, auf die meisten seiner Spielsachen zu verzichten. Nur die Elefanten müssen ihn begleiten. Dann schläft er auch noch fast geräuschlos, so als wolle er Mutter eine Freude machen und Philipp schonen.

Nur einmal pfeift er in der Nacht. Da wacht Philipp auf. Dök pfeift nicht wie ein Vogel, er pfeift wie eine Maus, denkt er.

Am andern Morgen, vor der Schule, erfahren sie von Däd, daß sie Clara erst in drei Tagen besuchen dürfen.

Draußen gießt es. Der Regen hat schon in der Nacht aufs Dach gepocht.

»Habt ihr Schirme, Kinder?« fragt Gisela.

Sie ziehen los.

Sie gewöhnen sich an die nachmittäglichen Besuche bei Mutter.

Nun ist es meistens Gisela, mit der sie zum Krankenhaus fahren.

Mutter kommt ihnen schon auf dem Flur entgegen. Sie soll viel herumgehen, hat ihr der Arzt geraten. »Ich könnte ja schon raus«, sagt sie, »und zu euch nach Hause kommen.«

»Ruh dich mal aus«, sagt Gisela. »Du hast bald Zoff genug und wirst nicht wissen, wo dir der Kopf steht.«

Endlich dürfen sie Clara sehen, zusammen mit den Eltern. Däd ist am aufgeregtesten. »Der Wurm, der Wurm«, murmelt er ein ums andere Mal, was Paul tief empört: »Das ist die Clara. Kein Wurm.«

Mutter stimmt ihm zu: »Recht hast du, Paul.«

Der Professor persönlich begrüßt sie vor einer Glastür und führt sie in einen Gang, von dem aus man durch große Scheiben in Zimmer sehen kann. »Hier ist unsere Isolierstation«, erklärt er. »Besucher dürfen nicht zu den Patienten, weil sie sich anstecken könnten. Weil sie aber auch die Patienten gefährden.«

Sie halten vor einem Fenster an. »Da, im zweiten Bett«, sagt der Professor und tritt zur Seite, damit Däd und Mama genügend Platz haben und Clara in aller Ruhe betrachten können.

Philipp und Therese schaffen es gerade eben, über den Fensterrand zu lugen. Paul nicht. »Ich seh überhaupt nichts«, beschwert er sich lauthals. Worauf der Professor Vater zuvorkommt, ihn auf den Arm nimmt, so daß er eine bessere Aussicht hat als alle andern.

»Das ist sie.« Mutter drückt ihre Stirn gegen die Scheibe. »Unsere Clara!«

Jetzt, da sie den Namen so ausspricht, als habe sie nie über einen anderen nachgedacht, fällt Philipp ein, daß sie und Paul gar nicht »gewählt« haben. Er ist drauf und dran, Däd zu mahnen. Dann läßt er es. Clara ist nun einmal Clara und kann gar keine andere mehr sein.

»Wo ist Clara?« fragt Paul.

»Das Baby dort in dem zweiten Bettchen«, sagt der Professor.

»Ist das ein Mädchen?«

»Sei doch still, Paul.« Therese findet Pauls Gequatsche schrecklich. Sie kommt mit sich selber nicht zurecht. Das, was sie sieht, macht ihr zu schaffen. Clara liegt winzig klein und überhaupt nicht zugedeckt in einem kleinen Bett. Gerade fängt sie an zu schreien, und dabei zieht sie ihren Körper zusammen und krampft. Ihre Augen sind geschlossen. Ihr Näschen ist so groß wie eine Daumenkuppe, ihre Hände sind zu klitzekleinen Fäusten geballt. Mehrere Schläuche führen von Flaschen, die an Gestellen angebracht sind, zu den Armen und zur Nase von Clara.

»Warum hat man das gemacht?« fragt Therese leise. Im Grunde möchte sie gar keine Antwort hören.

»Was?« fragt Mutter.

»Diese Schläuche.«

Anstelle von Mutter antwortet der Professor. Er setzt Paul ab und streicht Therese übers Haar. »Auf diese Weise bekommt sie ihre Medikamente, und durch einen der Schläuche wird sie auch ernährt. Sie darf ja nicht gestillt werden, weil eure Mutter an Toxoplasmose erkrankt ist. Seht ihr! Da tropft es aus der Flasche in den Schlauch. Deswegen heißt diese Vorrichtung auch Tropf.« Der Professor lacht. »Es gibt natürlich auch eine andere Art von Tropf, nicht wahr, Bürschlein?« Dabei faßt er Paul ins Auge, der nichts begreift.

Mutter kann sich gar nicht trennen. »Geht ihr schon mal«, bittet sie.

Der Professor verspricht ihr, daß sie bald zu Clara hinein darf.

»Und wann kann sie heim?« fragt Däd.

»Vermutlich früher, als wir angenommen haben. Sie entwickelt sich bisher ausgezeichnet. Sichtbare Schäden sind nicht festzustellen.«

Philipp findet es grausam, wie der Professor sich aus-

»Unsere Clara!«

drückt. Sichtbare Schäden! Er sieht zu Mutter hinüber, aber die steht wie gefesselt am Fenster und läßt Clara nicht aus den Augen.

Den ganzen Abend lang reden sie von Clara. Wie klein sie ist. Wie das Zeug in die Schläuche tröpfelt. Was sie da wohl zu essen bekommt? Daß sie alles hat, Ärmchen und Beinchen! Und sogar eine Menge Haare, kohlrabenschwarze Haare!

Gemeinsam sehen sie sich dann Claras Zimmer an, das Gisela eingerichtet hat. Mit einem Bettchen für Clara, einer Liege für Mama und einer kirschroten Wickelkommode. Rundum entlang der Wand verläuft ein Fries mit Kinderbildern, zwischen weißen, schwarzen, dunklen und hellen Gesichtern erscheinen immer wieder mal Therese, Paul und Philipp. Paul wandert Gesicht für Gesicht ab und möchte von jedem Kind den Namen wissen. Eine Weile spielt Gisela mit und erfindet welche: »Carmen, José, Wladimir, John, Ferencz, Annette, Jean – ach, jetzt denk dir selber weiter welche aus.«

»Die heißen ja gar nicht so!« sagt Paul.

Gisela treibt sie aus dem Zimmer, schließt es zu. »Nicht mehr lang, und es herrscht Leben in der Bude«, sagt sie und strahlt. Dabei kriegt sie es später ja gar nicht mit.

Warten

Was in den Tagen geschah, bis Clara endlich nach Hause kam, hat Therese genau in ihrem Tagebuch beschrieben. Mutter spornte sie sogar an, wenn sie nach den Hausaufgaben Zeit habe, sich dem Tagebuch zu widmen. »Weißt du, ich komm nicht dazu, mir was zu notieren. Mit deiner Hilfe können wir uns später an alles erinnern.«

Die Tage sind nun oft so warm, daß die Schiebetür zum Garten im Wohnzimmer von morgens bis abends offensteht. Wenn sie die Zimmertür nicht schließen, manchmal ein lauer Wind durch die Schuhschachtel fegt, knallen die Türen. Und irgend jemand flucht oder lacht.

Wenn Therese in ihr Tagebuch schreibt, darf sie niemand stören. Nur Adam duldet sie. Er darf im Zimmer bleiben, wenn er will, wenn es ihn nicht langweilt. Manchmal spielt er lesen. Er liest nicht richtig, er blättert nur in den Büchern. Er hat einfach keine Geduld, Zeile für Zeile zu lesen. Jetzt sitzt er wieder auf dem Stuhl neben der Tür und blättert geräuschvoll. Therese macht das nichts aus. Daran hat sie sich gewöhnt.

Es dauert noch zwölf Tage, bis Clara Einzug hält.

Heute ist der 6. Juni. Es ist ein Dienstag. Die Clara ist sechs Tage alt. Gestern haben wir sie zum ersten Mal gesehen. Sie ist süß. Sie hat ein Gesicht aus lauter Knubbeln. Wenn man so winzig ist und so schrecklich krank, muß das viel schlimmer sein als bei großen Menschen. Der Adam sitzt hinter mir und atmet laut, weil er liest.

Jetzt hör ich erst einmal auf. Ich hab Adam versprochen, daß ich ihn zur Turnhalle begleite. Er hat heute Handball.

Jetzt fang ich wieder an. Papa hat gerade gesagt, Mama kommt vielleicht schon übermorgen. Dök ist wie blöd herumgehüpft und hat gesungen: »Die Mama kommt. Die Mama kommt.« Immer singt er solches Zeug. Mama meint, er ist toll musikalisch. Ich glaub das nicht.

Jetzt hab ich schon wieder aufgehört. Der Philipp ist hiergewesen. Wir müssen uns vorbereiten auf Mama. So ein Schild malen. Es könnte darauf stehen: *Herzlich willkommen, liebe Lene!* Lene, weil Däd ja auch mitmacht, Gisela auch. Gisela hat noch mit Mama telefoniert. Sie sagt, Clara geht es nicht gut. Diese Tröpfe strengen das Baby an. Das ist die Medizin, die extra aus England gebracht wird.

Heute ist Mittwoch. Paul hat einen neuen Freund. Der ist Türke. Bei Paul sind viele Türken in der Klasse. Mehr als bei uns. Der Türke heißt Aran. Ich hab mir den Namen aufschreiben lassen. Aran ist nicht so laut wie Paul. Paul befiehlt immer. Nur, der Aran hört nicht auf ihn. Er steckt die Hände in die Hosentaschen und tut so, als ob er nachdenkt. Dann macht er was anderes. Eben hat er mich mit Paul besucht. Sie wollen eine Hütte bauen im Garten. Gisela hilft ihnen. Philipp ist weg. Der ist oft bei Jochen. Gisela hat gerufen.

Jetzt bin ich zurück. Der blöde Däd hat alle Schlüssel mitgenommen, auch den von Giselas Auto. Heute ist er furchtbar schlecht gelaunt. Erst hat er Philipp angebrüllt, weil er eine Fünf in der Mathearbeit bekommen hat. Die mußte Däd unterschreiben. Mich hat er angebrüllt, weil ich mit den Haaren überm Kaffee nestle. Dem Dök hat er gesagt: »Du kleiner Idiot.« Der Dök hat Gott sei Dank gelacht. Gisela hat für ihn gesprochen. Sie hat Däd ausgeschimpft: »Nimm dich doch zusammen, Stefan. Wir haben alle eine dünne Haut.« Das sagt Mama auch häufig, das mit der dünnen Haut.

Heute ist Donnerstag. Es ist sehr spät. Ich habe Mama versprochen, gleich das Licht auszumachen. Sie ist ja jetzt zu Hause. Und es war trotzdem kein schöner Tag. Es war ein schrecklicher Tag.

Wir haben uns so riesig gefreut. Gisela hat für Dök noch ein neues Hemd gekauft, weil er sein schönes versaut hat.

Nach der Schule haben wir nicht richtig Mittag gegessen, sondern nur Schnecks. So nennt das Gisela. Heißt ja eigentlich Snacks, also kleine Brötchen.

Wir haben das Blatt an die Tür geklebt: *Herzlich willkommen, liebe Lene!*

Mama hat sich toll gefreut. Sie hat uns immer wieder umarmt. Auch die Gisela. Nur einmal hat sie gefragt, wo Däd ist. Sie war ein bißchen traurig, weil er in der Redaktion ist.

Wir haben uns in den Garten gesetzt.

Mamas dicker Bauch ist weg. Sie ist blaß. Aber sie hat gelacht und gesagt: »Die Sonne wird uns beiden guttun, der Clara und mir. Meinst du nicht, du Dreckfink?« hat sie zum Dök gesprochen. Der ist beleidigt gewesen. Wo er doch sein neues Giselahemd anhatte!

Lange sind wir nicht im Garten gesessen. Plötzlich war alles durcheinander. Es hat das Telefon geklingelt. Gisela ist gerannt gekommen und hat der Mama gesagt: »Das ist der Professor.« Mama hat gar nicht lang ins Telefon geredet. Sie ist gekommen und war durcheinander. »Clara geht es nicht gut«, hat sie gerufen. »Ich muß hin. Kannst du mich fahren?«

Da hat Gisela sich mit der Hand an die Stirn geklatscht. »Mein Autoschlüssel!« hat sie ausgerufen. »Den hat Stefan.«

Philipp hat ein Taxi bestellt. Ich kann das auch.

Wir haben dann rumgesessen. Dök hat mit Aran telefoniert. Gisela hat das Abendbrot gemacht. »Wie gut, daß ich noch bleibe«, hat sie gesagt. Das finde ich jetzt auch.

Mama ist gekommen. Sie hat nicht mit uns reden wollen. Sie hat sich in Däds Zimmer eingeschlossen. Sie hat geweint. Wir haben das alle gehört. Gisela ist zu ihr gegangen. Sie hat aber auch die Tür zugemacht. Wie Dök anfangen wollte zu heulen, hat Philipp ihm wütend den Mund zugehalten. Wir haben alle im Flur gewartet. Mama ist rausgekommen. Sie hat ein kleines bißchen gelacht und gesagt: »Ach, ihr.« Dann hat sie noch gesagt: »Nicht einmal in einem solchen Augenblick kann der dasein.« Damit hat sie Däd gemeint.

Heute ist Freitag. Ich hab Krach mit Adam. Er hat uns beleidigt. Er hat erklärt, daß sein Vater gesagt hat: »Die Scheurers sind ein Sauhaufen.« Ich hab eine Weile überlegt und zurückgeschimpft: »Ihr seid mickrige Spießer!« Dann ist er für immer fort. Ich finde, das ist schade. Aber er ist ein echter Arsch.

Philipp hat heute nachmittag Unterricht. Ich muß nicht in die Klavierstunde, weil Herr Meinert sich für ein Konzert vorbereitet. Mama ist bei Clara. Sie darf zu ihr ans Bett. Dafür bekommt sie einen weißen Mantel und muß sich ein Tuch vor die Nase und den Mund binden. Wenn sie niest, könnten Bazillen herumfliegen.

Heute ist Samstag. Clara geht es nicht gut. Mama hat wieder geweint. Heute ist Däd den ganzen Tag da. Er macht morgen keinen Dienst. Da fahren wir vielleicht raus. Mehr weiß ich nicht.

Heute ist Sonntag. Wir sind essen gewesen in einem vornehmen Restaurant. Wegen der Clara. Auch wenn sie nicht dabeisein kann. Däd hat auf sie einen Wein getrunken und mit Mama angestoßen. Dann war ein Skandal. Wegen Dök. Er ist auf dem Klo gewesen. Auf dem Männerklo. Ohne Philipp. Er ist zurückgekommen und hat weitergegessen. Da ist eine Frau in einem blauen Kittel an den Tisch getreten und war furchtbar aufgeregt. Er hat nicht ins Klo reingepinkelt. Sondern einfach an die Wand. Däd hat den Dök gefragt, ob das so ist. Der Dök hat sofort gesagt: »Ja, weil die Dinger so hoch sind. Da bin ich nicht raufgekommen.«

Däd hat sich entschuldigt.

Mama hat gesagt: »Na, wenn schon, denn schon.«

Ich muß sie noch fragen, was das bedeutet.

Ich freu mich sooo auf Clara.

Heute ist Montag. Ich wollte was anderes schreiben. Mit Adam komme ich wieder aus. Er hat den Sauhaufen zurückgenommen. Ich meins auch. Mir ist ein bißchen schlecht. Ich habe mich furchtbar aufgeregt. Däd und Mama haben Krach gehabt wie noch nie. Däd ist wieder spät aus der Redaktion gekommen. Er hat was über Polen geschrieben. Mama hat im Wohnzimmer auf ihn gewartet. Sie hat ihm gesagt: »Mir tut die Brust sehr weh.«

»Dann mach doch was dagegen«, hat Däd gerufen.

Mama hat zu weinen begonnen.

»Hör doch bitte auf. Sei doch vernünftig.« Das hat Däd gesagt.

»Du machst, was dir einfällt.« Das hat Mama gesagt. Sie hat irgendwas auf den Tisch geknallt. Vielleicht ihr Glas.

Däd hat dann irgendwann geschrien, daß die Mama das Baby gar nicht wollte.

Die Mama hat sehr laut gesagt: »Das ist wahr. Jetzt will ich es aber.«

Ich versteh die Eltern nicht. Mir ist schlecht. Warum hat Mama Clara erst jetzt lieb? Und nicht, als sie noch im Bauch war? Vielleicht, weil sie da nicht gewußt hat, wie krank sie ist?

Mir ist ganz drehrig. Ich find die Eltern eklig.

Das darf Mama nicht lesen.

Heute ist Dienstag. Mama ist noch bei Clara. Heute ist Gisela ausgeflippt. Sie hat gefragt, warum sie für uns verflixte, undankbare Bälger das alles auf sich nimmt.

Ich weiß nicht, was sie auf sich nimmt. Ich sehe nichts. Sie hat eine riesige Wut. Vielleicht auch, weil Dök eine Menge Dreck aus dem Garten in den Flur geschleppt hat.

Heute ist Mittwoch. Ich habe mit den Tantchen telefoniert. Sie haben angerufen. Gisela hat mir den Hörer gegeben. »Rede du«, hat sie befohlen. Die Tantchen haben gesagt, sie wollen kommen. Tante Laura hat das gesagt. Sie könnten das besser als Gisela, wo die uns doch kaum kennt. Da habe ich geantwortet: »Ich kenne die Gisela aber besser als dich.« Da hat Tante Laura »Kind, Kind« in das Telefon gerufen. Sie wird mit der Mama sprechen. Nicht mit mir. Die Mama ist bei Clara.

Vielleicht darf sie doch bald nach Hause.

Heute ist Donnerstag. Die Clara ist heute von vielen Doktors untersucht worden. Das ist eine wichtige Untersuchung. Mama konnte deswegen Clara nicht sehen. Sie ist nicht in die Klinik gegangen. Sie hat mit der Schule telefoniert. Däd auch. Und mit einem noch wichtigeren Menschen als mit dem Direktor. Weil die Mama meint, wenn die Clara nach Hause kommt, können nicht alle im Hause sein. Da würde sie verrückt werden. Däd soll mit Philipp und Paul auf der Insel Baltrum Ferien machen. Vierzehn Tage. Obwohl doch noch gar keine Ferien sind.

Vorher bin ich mit Mama allein im Garten gewesen. Gisela ist einkaufen. Ich hab Mama gefragt, warum sie das Baby nicht will. Ich hab sie überrascht. Sie hat sich auf die

Lippe gebissen. »Ich hab kein Kind mehr haben wollen«, hat sie gesagt. »Die Clara ist so überraschend gekommen. Ihr drei seid schon eine Menge«, hat sie gesagt. »Ich möcht auch mal wieder in der Bücherei arbeiten.«

Das versteh ich gut, aber Däd nicht.

Heute ist Freitag. Wir waren alle in der Klinik. Wir haben Clara angesehen. Sie liegt noch hinter dem dicken Fenster. Doch die Schläuche sind weg. Sie hat nicht geheult. Sie hat gezappelt. Wir dürfen sie morgen abholen, hat der Professor mit der Glatze erlaubt. Mir hat er gesagt, ich soll genau aufpassen, was die Clara in der nächsten Zeit alles lernt. Wie sie guckt, wie sie strampelt, ob sie nach meiner Hand faßt.

Das kommt alles nacheinander.

Ich mach Schluß.

Heute ist Samstag. Die Clara brüllt. Mutter gibt ihr die Flasche. Wir sind unglaublich aufgeregt. Gisela zieht morgen in Däds Zimmer. Ich darf manchmal helfen. Jetzt habe ich keine Zeit zu schreiben. Ich muß zu Mama und Clara.

Heute ist Sonntag. Philipp und Dök und Däd sind losgefahren. Zweimal sind sie zurückgekommen, weil Däd was vergessen hat. Und Philipp die Büchertasche, die er extra gepackt hat. Mama hat gedroht: »Ich winke euch nicht mehr nach.«

Wo sie jetzt wohl sind? Baltrum ist eine Insel, auf der keine Autos fahren dürfen. Das Hotel, in dem sie wohnen, heißt Wattschlößchen. »Das hat nichts mit Watte zu tun«, hat Däd erklärt.

Ich hab die Adresse. Ich kann schreiben. Mama hat dazu keine Zeit. Däd hat mir auch noch was Tolles ins Ohr geflüstert. »Deine Briefe lese ich so gerne, Therese«, hat er gesagt.

Drei auf einer Insel

Als sie zum dritten Mal von zu Hause losfahren, kniet Paul auf dem Rücksitz und guckt durch die Heckscheibe. Philipp tut es ihm nach. Mutter, Therese und Gisela stehen an der Gartentür, lachen einander zu, winken nur noch flüchtig und gehen zum Haus.

Philipp spürt ein Brennen in der Brust. Wir werden weggeschickt, und sie haben Clara, denkt er.

Paul drückt sein Gesicht in die gepolsterte Lehne.

»Soll ich dir was erzählen?« fragt Philipp. Die Reise darf auf keinen Fall mit Döks Geheul beginnen.

Vater stellt den Rückspiegel ein und bemerkt ziemlich trocken: »Verschieß nicht gleich das ganze Pulver, Philipp. Wir fahren bis zum Abend. Ich hoffe, wir bekommen in Neßmersiel noch das letzte Schiff.«

Paul wirft sich auf dem Sitz herum. »Bis zum Abend?« Er starrt völlig verdattert auf Däds Hinterkopf. »Aber jetzt ist doch erst Morgen!«

Vater verzieht im Rückspiegel keine Miene. »Ja, Dök. Wir fahren fast den ganzen Tag. Wir haben genügend Zeit für Pausen.«

Paul will es genau wissen: »Wann kommt die erste Pause?«

Philipp drückt Paul ärgerlich gegen den Rücksitz. »Quatsch doch nicht.«

Vater bittet sie, sich anzuschnallen. Philipp hilft Paul, der sich sonst immer gegen die Gurte wehrt.

Sie erreichen die Autobahn. »So!« Vater lehnt sich

entspannt hinterm Steuer zurück. Aber nicht lange. Paul wird unruhig, reißt am Gurt. Mit blassem, verzerrtem Gesicht flüstert er Philipp zu: »Ich glaub, ich muß kotzen.«

Philipp tippt Vater auf die Schulter. »Kannst du mal anhalten, Däd? Paul kotzt gleich.«

Er könnte hinzufügen: Und mir ist auch schon übel.

»Gleich erreichen wir den nächsten Parkplatz.« Däd drückt aufs Gas.

Kaum hat der Wagen angehalten, windet sich Paul aus dem Gurt, reißt an der Tür. Philipp hilft ihm, sie zu öffnen. Raus kommt Paul nicht mehr. Er beugt sich aus dem Auto und übergibt sich, er würgt erbärmlich.

»Mein Gott«, stöhnt Vater.

Philipp entfernt sich. Er spürt, wie es ihm hochkommt, und schafft es gerade noch bis zum Waldrand. Däd eilt mit Papiertaschentüchern zwischen ihnen beiden hin und her. Er putzt die Münder, die Hemden und erkundigt sich, wie lange die Pause dauern soll.

»Ist egal.« Paul ist alles egal.

Womit er recht hat. Sie fahren ein Stück. Philipp gibt Däd ein Zeichen. Sie halten. Sie kotzen.

So geht das eine Weile.

Bis Paul einschläft und Philipp erschöpft vor sich hin döst.

Vater fährt ziemlich schnell; er möchte so weit kommen wie nur möglich.

Kurz bevor er zu einer Tankstelle abbiegt, springt Paul auf, gibt einen undeutlichen Laut von sich und erbricht sich über Vater hinweg. Was Philipp, der wach wird, dazu veranlaßt, ebenfalls den restlichen Inhalt seines Magens über den Vordersitz zu ergießen.

Vater hält auf dem Parkplatz neben der Tankstelle an. »O Gott«, klagt er immer wieder. »Steigt aus«, bittet er leise und freundlich. Daß er innerlich vor Wut kocht, zeigt sich in einem kurzen Ausbruch: Er zieht die verschmutzte Jacke aus und schmeißt sie auf den Rasen.

»Wartet!« sagt er und läuft davon.

Mit einer Handvoll Papierhandtüchern und einem Eimer kehrt er zurück. »Wir werden stinken wie ..« Er sucht nach einem Wort. »Ich kann's gar nicht ausdrücken. Verflixt, wenn ich das vorher gewußt hätte. Aber ihr habt euch doch sonst bei Fahrten nie erbrochen.«

Er wischt, putzt, reibt. Paul findet sich selber widerlich. »Bäh«, macht er und schüttelt sich.

Vater ist so vertieft in die Säuberung, daß er gar nicht merkt, wie ein Auto neben ihnen hält. Philipp macht ihn darauf aufmerksam.

Ein jüngerer, beinahe so langer Mann wie Däd steigt aus. Er trägt eine unglaublich bunte Jacke. Er nickt verständnisvoll. »Speiben haben die Kinder missen!«

Philipp glaubt nicht recht zu hören. Der spricht wie die Tantchen! Sein Auto hat auch ein ausländisches Nummernschild. Vielleicht ist er Tscheche. Was sie dann auch gleich erfahren. »Ich komm aus Prag«, sagt er, »aus der Tschechoslowakei. Aber das tut hier nix zur Sache. Ibel ist den Hascherln vom Autofahren. Als Kind ist es mir ähnlich ergangen.«

Endlich begreift Vater. Er richtet sich ächzend auf, wischt sich die rechte Hand mit einem Tuch ab und reicht

»Speiben haben die Kinder missen!«

sie dem Fremden hin. Er stellt sich vor: »Scheurer – Stefan, Philipp, Paul. Unterwegs in die Ferien.«

Der Mann lacht. »Das bin ich leider nicht, unterwegs in die Ferien.« Er verbeugt sich ein wenig, nennt seinen Namen: Hlavka. Und erklärt: »Ich möcht Sie nicht weiter belästigen. Nur führe ich, wenn ich reise, stets ein Mittelchen gegen Ibelkeit mit mir. Mit dem schenen Namen *Dottoro*. Man darf es nicht einnehmen. Es ist zum Einatmen.«

Er holt ein Fläschchen aus der Tasche, hält es Paul unter die Nase: »Schnauf, Bub!«

Der tut's, schüttelt sich.

»No, schen duftet es nicht. Aber es hilft. Am längsten wirkt es, wenn man sich ein bissel davon unter die Nase tipfelt. – So, nun möcht ich Sie nicht weiter aufhalten, Herr Scheurer.«

Er übergibt Vater das Fläschchen, verbeugt sich, reicht Philipp und Paul die Hand: »Ich möcht euch eine Reise winschen ohne speibeln.«

Und ist weg. So rasch, daß Philipp sich fragt, ob er je dagewesen ist.

Aber Vater hält das Fläschchen in der Hand, auf das aber kein Etikett geklebt ist. *Dottoro* soll das Medikament heißen.

Es wirkt! Vater kann es nicht glauben. Philipp und Paul genießen es. Bis zum Schiff, bis zum Abend halten sie durch. Nur manchmal würgt es sie ein wenig.

»Es kann sein, daß er ein reisender Engel war«, sagt Däd, als sie das Auto in der riesigen Garage abstellen. Es bleibt dort, bis sie von der Insel zurückkommen.

»Nimmt jeder von euch sein Köfferchen?«

»Der Tscheche – ein Engel?« fragt Philipp.

»Ja.« Vater packt die beiden großen Koffer, pfeift durch die Zähne, spricht aber trotzdem weiter: »Ja, tschechische Engel sind gar nicht so rar. Ich kenne einen, der heißt Havel. Das ist ein großer Dichter. Er hat Mut wie ein Löwe.«

Sie tappen stumm im Gänsemarsch von der Garage zum Bus, der sie zum Hafen fährt.

Jeder leidet unter seiner Last. Paul tut es laut: »Immer muß ich alles tragen«, schimpft er.

Vater begnügt sich mit einem geseufzten »Übertreib mal nicht«!

Das Schiff liegt, groß und beleuchtet, am Kai.

Sie erkunden es von oben bis unten, vom offenen Deck bis zum Restaurant.

Paul will sich das Klo ansehen.

»Mußt du wirklich?« fragt Vater.

Paul besteht darauf.

»Dann geh ich mit dir.«

Philipp wartet inzwischen. Sie setzen sich danach ins Restaurant. Damit sie nicht auch noch seekrank werden, atmen alle, selbst Vater, eine Prise *Dottoro* ein.

Das Schiff hat abgelegt.

»Jetzt geht's los! Jetzt beginnen die Ferien!«

Das findet auch Paul, der Vater gegenübersitzt. Er erhebt den Becher mit Apfelsaft zum Prosit. Was ihm nicht gelingt. Der Pappbecher hält dem Druck seiner Hand nicht stand. Prompt spritzt der Saft Däd entgegen, ins Gesicht, übers Hemd.

Dieses Mal gelingt es Vater nicht, Ruhe zu bewahren. »Scheiße!« ruft er laut und zieht die Aufmerksamkeit der anderen Fahrgäste auf sich.

Dök weiß nicht, wo er sich verstecken soll. Er rutscht von der Bank und setzt an zu heulen.

»Ist schon gut.« Däd steht auf, nimmt ihn an der Hand. »Wir gehen noch mal aufs Klo. Das Zeug klebt schrecklich.«

Ohne weitere Zwischenfälle erreichen sie Baltrum, die Insel. Bevor sie anlegen, steigen sie hinauf aufs Deck und schauen. Lichter leuchten. Leute winken und rufen.

Sie frieren. Vater schimpft, daß er vergessen hat, die Pullover draußen zu lassen.

»Ist es weit bis zum Hotel?« Paul ist sichtlich am Ende seiner Kraft.

Vater versichert, daß sie nur kurz laufen müssen.

Der Weg zieht sich. Pauls Klage wird lauter. Auch Philipp hat genug.

»Da vorn!« Vater setzt die Koffer ab und deutet auf ein burgähnliches Haus, das erhöht auf einer Düne steht. *Wattschlößchen* ist auf einem Leuchtschild zu lesen.

Sie werden von einer freundlichen Dame willkommen geheißen. Sie spricht so ungewohnt, daß Paul, kaum sind sie auf ihrem Zimmer, sie erst einmal nachäfft in ihrer singenden S-Sprache. Dann erkundet er, wie die andern, das Zimmer, besetzt sein Bett, schaut aus dem Fenster, bewundert die Aussicht: das Wattenmeer, in dem sich der Abend mit seinem sinkenden Licht und dem steigenden Mond spiegelt. Er ist schon wieder obenauf. *Dottoro* scheint Wunder zu wirken.

»Da geh ich morgen schwimmen«, erklärt er. Obwohl er gar nicht schwimmen kann.

»Aufschneider«, sagt Philipp.

»Das wird auch sonst nicht möglich sein«, sagt Vater. »Um diese Jahreszeit ist das Meer noch zu kalt. Aber ein Schwimmbad wird es geben.«

Plötzlich verspüren alle drei einen gewaltigen Hunger.

»Ich brech gleich zusammen«, jammert Philipp.

»Ich auch«, ist Paul als Echo zu hören.

»Ich hab gedacht, euch ist der Appetit vergangen! Aber euch hängen jetzt die Mägen. Das ist klar. Also, fahrt euch mit dem Waschlappen übers Gesicht, kämmt euch, und wir gucken mal runter in den Speisesaal.«

Ihr Auftritt erregt Aufsehen.

Eine junge Bedienung führt sie zu einem Tisch im Wintergarten und sagt: »Das ist Ihr Platz für die nächsten Tage.«

Sie haben sogar Taschen für die Servietten. Und Namensschilder dafür. Philipp schreibt ihre Namen in schönster Schrift darauf.

Alle Köpfe haben sich ihnen zugedreht. Vater sagt leise: »Ich kann mir vorstellen, was in den Leuten jetzt vorgeht: ›Ein Mann mit zwei Kindern. Der Arme!‹

Paul hat unter den Gästen ein Mädchen entdeckt, das er hemmungslos beobachtet.

Sie ist dünn wie ein Besenstiel. Unglaublich, daß sie auf so dünnen Beinen gehen kann und nicht abknickt.

»Guck mal«, er zeigt auf das Mädchen.

Vater drückt Pauls Hand herunter. »Das Mädchen ist schwer krank, Dök«, flüstert er. »Sie hat wahrscheinlich

Magersucht. Und jetzt iß du deine Suppe. Und laß die Gäste in Frieden und mich auch.«

Sie löffeln schweigend. Philipp fühlt es richtig, wie sein leerer Magen sich mit angenehmer Wärme füllt.

Die Wirtin – es ist die Dame, die sie vorhin empfangen hat – erkundigt sich, ob das Zimmer ihnen behagt, ob der Tisch im Wintergarten ihnen gefällt. Zum guten Schluß runzelt sie die Stirn und sagt in tröstendem Singsang: »Mit dem Wetter müssen Sie ein wenig Geduld haben. Es wird stürmen und regnen. Das soll Sie aber nicht hindern, auf unserer schönen Insel spazierenzugehen.«

Mit diesem Wetterbericht finden ihre Ferien eigentlich schon ein Ende.

Zwei Tage lang ziehen sie durch den Regen. Besuchen den Friedhof und lesen die Namen auf den Kapitänsgräbern. Gehen einmal ins Wellenbad. Was Paul entsetzlich anstrengt. »Das ist nichts«, findet er.

Philipp entdeckt, auf dem Weg vom *Wattschlößchen* zum Dorf, einen Teich. Da lassen Kinder Schiffe schwimmen. Die Motorbötchen befinden sich bei diesem Wetter im Vorteil. Sie schlagen nicht um wie die Segelboote. Er nimmt sich vor, bei besserem Wetter hier auch zum Spielen zu gehen.

Am dritten Tag beharrt Paul darauf, im Bett zu bleiben. Er behauptet, krank zu sein. Es stimmt! Sein dicker Kopf ist gerötet. Er schwitzt. Er klagt über scheußliche Halsschmerzen.

Vater findet im Waschbeutel ein Fieberthermometer, das Mutter vorsorglich eingepackt hat.

»Über vierzig Grad«, liest er erschrocken.

Paul ist davon tief beeindruckt. Er verkündet mit kratzender Grabesstimme: »Morgen bin ich tot.«

»Ich feure dir gleich eine!« Vater hat jeden Sinn für Späße verloren. Er telefoniert dem Inseldoktor, der nicht lange auf sich warten läßt. Er verschreibt ein, wie er sagt, starkes, das Fieber senkendes Mittel. Nur muß der Junge das Bett »hüten«.

Dieser Ausdruck versetzt Paul ins Grübeln. Trotz des Fiebers. »Das ist doch falsch, was der Doktor gesagt hat. Eigentlich hütet das Bett mich. Gell, Däd?«

»Du hast, wie immer, recht.«

Sie kommen kaum aus dem Zimmer. Vater bedauert Philipp, daß er sowenig von der Insel hat. »Lauf doch los, Junge.«

So wandert Philipp durchs Dorf, runter zum Strand, wo nur wenige Menschen unterwegs sind. Vater gibt ihm Geld, ein Boot zu kaufen für den Teich.

Schließlich meint er, Paul für eine Stunde wenigstens allein lassen zu können. Paul erlaubt es großzügig.

Als sie aber von dem Spaziergang zurückkehren, auf dem Philipp sein Boot vorgeführt hat, ist im Hotel die Hölle los.

Sie finden Paul hemmungslos schluchzend in der Küche. Der Koch hält ihn auf dem Schoß.

Die Wirtin steht daneben und bietet ihm eben einen Kuchen an. »Er hat ganz furchtbar geschrien«, erzählt sie. »Erst ist er oben im Gang herumgerannt, dann durch die Aufenthaltsräume, und am Schluß ist er in die Küche gesaust. Da haben ihn schon zehn Personen verfolgt, ihn immerfort gefragt, was ihm fehle. Bis jetzt hat er uns keine

Sie finden Paul hemmungslos schluchzend in der Küche.

Antwort gegeben.« Kopfschüttelnd sieht sie zu, wie Paul den Kuchen mit Lust und Laune verschlingt.

Vater bedankt und entschuldigt sich mehrfach.

Philipp zieht sich schon langsam zurück.

Däd nimmt Paul wie ein Paket unter den Arm und flieht aus der Küche.

Im Zimmer schmeißt er ihn aufs Bett. »Dir geht's ja schon wieder besser, du Knallkopf.«

»Ihr wart so lang weg«, entschuldigt sich Paul, noch immer mit vollem Mund.

Jeden Abend, am Telefon, erzählt Vater der Mutter die Erlebnisse vom Tag. Dieses Mal will er Pauls Ausflug in allen Einzelheiten schildern, bricht aber sofort wieder ab. Er horcht, was Mutter ihm sagt, und er wird dabei ganz ernst.

»Macht's gut, ihr Weiber«, sagt er schließlich traurig und legt auf.

Philipp, der Vater beobachtet hat, ahnt, daß er nichts Gutes erfuhr.

»Lene hat Clara heute wieder in die Klinik bringen müssen. Das Kind muß noch einmal für eine Woche an den Tropf.« Vater bleibt auf seinem Bett sitzen und vergräbt sein Gesicht in die Hände.

Philipp setzt sich neben ihn: »Fahren wir nach Hause?«

»Nein, wir bleiben die paar Tage noch auf der Insel.« Vater steht auf, geht zum Fenster. »Vielleicht hat das Wetter mit uns ein Einsehen und wird besser«, sagt er. »Vielleicht kommt Paul auch auf die Beine.«

Der steht schon neben ihm.

»Nein, so meine ich das nicht.« Vater scheucht ihn zurück ins Bett. »Nicht übertreiben, Dök.«

Die letzten drei Tage bricht die Sonne durch die Wolken. Es ist wärmer. Nur ein sanfter Wind weht.

Vater sitzt im Strandkorb, sonnt sich.

Paul macht Besuche in verschiedenen Sandburgen und erzählt Däd, wenn er zurückkehrt, wer sie bewohnt und mit wem er sich unterhalten hat.

Philipp hält sich vor allem am Teich auf.

Das magersüchtige Mädchen ist, als sie zum letzten Mal abends in den Speisesaal ziehen, nicht um ein Gramm dikker geworden. Paul kann es nicht fassen.

Auf der Heimreise schnuppern Paul und Philipp in jeder Pause das rätselhafte, wunderbare Heilmittel *Dottoro*. Sie kommen heim, ohne daß sie haben kotzen müssen.

Mutter, Therese und Gisela empfangen sie überschwenglich. »Morgen«, sagt Mutter, »morgen müßt ihr Clara besuchen.«

Philipp und Paul haben einen riesigen Hunger. Däd nimmt das zufrieden wahr. »Dank *Dottoro*, dank unserem tschechischen Engel«, sagt er.

Mutter blickt Däd fragend an.

»Das ist eine Geschichte für sich.« Däd wirft Philipp einen Verschwörerblick zu.

»Das mag ja sein.« Mutter schöpft ihnen Nudeln auf die Teller. »Aber morgen beginnt für euch Kinder wieder der Ernst des Lebens. Es ist Samstag, doch kein schulfreier.«

Ding dong dieberle

Philipp liegt hinterm Haus im Gras und schaut in den Himmel. Das tut er gern. Er beobachtet, wie die Wolken sich im Dahinziehen verändern. Er sieht in ihnen Gesichter, sieht Kobolde, Schiffe, Kamele, Elefanten. Wenn er, wie jetzt, eine Weile so liegt, hat er das Gefühl, wie die Wolken so dahinzuziehen, davonzuschwimmen.

Therese hockt schon eine Zeitlang neben ihm. Sie weiß, daß sie ihn nicht stören soll. Darum schweigt sie und rupft ab und zu Gras aus. Philipp dreht sich zu ihr hin, stützt den Kopf in die Hand: »Ist was?«

Sie nickt bekümmert. »Immer wieder krieg ich Krach mit Adam. Der sagt, wir sind keine ordentliche Familie. Der Mama darf ich das gar nicht erzählen. Die lacht mich dann bloß aus.«

»Laß den doch.« Philipp hat überhaupt keine Lust, mit Therese über Familie nachzudenken.

Therese gibt nicht nach. »Aber irgendwas muß doch bei uns nicht stimmen. Vielleicht, weil die Eltern sich manchmal krachen und weil Däd mal gesagt hat, daß er abhaut, wenn es so weitergeht.«

»Das hat Adam doch nie mitgekriegt«, sagt Philipp und wälzt sich wieder auf den Rücken.

Therese bleibt eine Weile still. Philipp ist klar, daß sie Anlauf nimmt für eine schwierige Frage.

»Aber kann es sein, daß die Eltern sich trennen? Bei uns in der Klasse ...«

Philipp unterbricht sie mit einer Heftigkeit, daß sie zusammenfährt. »Ich kenn auch welche, bei denen die Eltern geschieden sind. Bei dir knallt's doch, Therese. Däd ist oft weg und so. Das stimmt. Und Mama möchte wieder als Bibliothekarin arbeiten. Aber jetzt freut sie sich auch unmäßig über Clara und hat Angst, daß mit der nicht alles klappt. Laß mich ...«

Sie schnieft dankbar und rennt ins Haus. Sicher fragt sie jetzt Mama wieder über Clara aus.

Kurz darauf verläßt auch Philipp den Garten, wo es ihm zu laut wird. Denn Paul und Aran haben begonnen, im Sandkasten mehrere Tunnel auf einmal zu graben, und dabei machen sie einen Riesenlärm.

Gegen Abend besuchen sie Clara. Sie liegt in einem anderen Zimmer und braucht anscheinend keine Schläuche mehr.

Mutter kennt inzwischen alle Schwestern und in den Zimmern auch einige von den Babys.

Der Professor kommt, wie verabredet. Er wirft einen zuversichtlichen Blick durchs Fenster auf Clara. »Ich glaube, Frau Scheurer, jetzt haben wir das Clärchen überm Berg. Wenigstens fürs erste. Übertreiben will ich nicht. Sie können sie übermorgen holen. Doch« – er zieht einen Kalender aus der Tasche und blättert – »haben Sie morgen um fünfzehn Uhr Zeit für eine Besprechung? Es wäre mir angenehm, wenn auch Ihr Mann käme. Ich möchte Ihnen genau erklären, was Sie zu erwarten haben, was nicht.«

»Jaja«, versichert Mutter. »Natürlich geht das.« Dann zögert sie. Irgendein Gedanke scheint sich in ihrem Kopf querzulegen. Sie zieht Therese an sich. »Ich möchte, daß auch Philipp und Therese zuhören. Paul kann ich bei meiner Freundin unterbringen.«

Angenehm ist der Vorschlag dem Professor offensichtlich nicht. Er will widersprechen. Aber nach einem Blick auf Mutter und Therese läßt er es. »Gut«, sagt er. »Das geht.«

Es geht dann doch nicht ohne Aufregung. Däd herrscht Mutter an, wie sie einfach über seinen Kopf weg Verabredungen für ihn treffen kann.

Mutter bleibt ruhig. »Für *uns,* Stefan«, sagt sie.

Er läuft in der Küche herum wie in einer Gefängniszelle, und die Kinder rücken auf ihren Stühlen ganz nah an den Tisch.

»Meinethalben für uns! Trotzdem habe ich schon einen Termin.«

»Der wird nicht so wichtig sein wie das Gespräch über Clara.«

Das hätte Mutter nicht sagen sollen.

Vater verläßt schnaubend die Küche und knallt die Tür hinter sich zu.

Paul hat sich die Hand auf den Mund gelegt. Es fragt sich, ob er erschrocken ist oder ob er etwas Unerlaubtes sagen will. Mutter bleibt sonderbar gelassen. »Hört ihr, er telefoniert schon und regelt alles.«

Sie setzt sich zu ihnen. »Ohne Theater läuft bei uns nichts«, stellt sie für sich fest. »Gleich wird Stefan hereinkommen und so tun, als sei nichts gewesen.«

So geschieht's. Vater lächelt zwar angestrengt, setzt sich, beginnt zu essen und bemerkt nebenbei: »Ach ja, Eginhard schaut morgen abend mal rein. Ja?«

»Ja«, antwortet Mutter und lacht ihm offen und ein bißchen frech ins Gesicht: »Ja, soll er reinschauen.«

Nun bleibt Däd gelassen.

Vater holt sie pünktlich ab. Jetzt erst, während sie zum Krankenhaus fahren, wird Philipp klar, was Mutter gestern für ihn und Therese getan hat. Sie hat dem Professor vorgeführt, wie ernst sie ihre Kinder nimmt. Daß sie richtige Gesprächspartner sind.

Mit einem Ruck zieht Philipp den Gurt aus der Schließe und legt seinen Kopf auf Mutters Schulter. Für einen Augenblick. »Ich find's unglaublich toll, Mama, daß wir dabeisein können. Weil du den Professor überredet hast.«

»Find ich übrigens auch«, sagt Däd.

Sie werden von einer Schwester »zum Chef«, wie sie sagt, geführt. Der Professor erwartet sie in einem Zimmer, das durch dunkle Holzwände sehr feierlich wirkt.

Therese ist vor allem beeindruckt von der Tür, die Vater hinter sich zuzieht. Sie ist gepolstert wie ein Sofa.

Der Professor begrüßt sie. Sie nehmen Platz in tiefen Ledersesseln. Therese rutscht aufgeregt hin und her. Philipp läßt den Mann im weißen Mantel nicht aus den Augen.

Der Professor geht noch einmal zum Schreibtisch, holt eine Mappe, in der er blättert und die er, als er sich ebenfalls gesetzt hat, geschlossen auf den Tisch legt. Nachdenklich beugt er sich nach vorn. Dann gibt er sich einen Ruck und sieht Mutter an. »Ja, wir haben Clärchen gestern noch einmal genau untersucht. Wie gesagt, sie entwickelt sich normal. Eine Entzündung haben wir allerdings gefunden.

Im linken Auge. Genau können wir bei so kleinen Menschenkindern empfindliche Organe wie die Augen nicht prüfen. Aber« – er macht eine kleine Pause – »wir können mit großer Sicherheit sagen, daß sie auf diesem Auge nichts sehen wird. Daß sie da blind ist.«

Mutter setzt sich mit einem Ruck auf.

»Und das kann sich auch nicht bessern?« fragt Vater.

»Nein.« Der Professor atmet tief ein. »Manchmal können wir eben nichts ausrichten. In diesem Fall ist das so. Das Zentrum des Auges, mit dem es gleichsam sieht, indem es die Bilder sammelt, ist durch die Krankheit zerstört. Hier sitzt ein Entzündungsherd, der inzwischen vernarbt ist.«

»Ja«, sagt Vater tonlos.

Therese ist wie mondsüchtig aufgestanden, an dem Tisch entlanggegangen und hat sich neben Mutter auf den Stuhl gesetzt.

»Dennoch« – der Professor spricht nun etwas lauter – »können wir von Glück reden. Ansonsten nämlich haben wir keine Schädigungen feststellen können. Die Glieder sind ausgewachsen und beweglich. Das Kind reagiert prächtig.«

Nun lehnt er sich zurück, als habe er das Ärgste hinter sich, und nickt Philipp zu. »Du und deine Schwester, ihr habt jetzt, gemeinsam mit euren Eltern, eine Aufgabe, die euch mit Freude erfüllen wird. Ihr müßt Clara beobachten! Ein gutes Jahr lang. Wie sie sich bewegt. Wann sie fassen lernt, wann sitzen. Wie sie auf ihre Umgebung eingeht, wie auf euch. Wann sie die ersten Tönchen von sich gibt. Denn ob sich in ihrem Hirn nicht auch eine Entzündung gebildet hat, können wir nicht durch eine Untersuchung feststellen. Wir können nur ihre Gehirnströme mit einem Gerät prüfen. Das schon. Und die sind in Ordnung.«

Ungewöhnlich heftig drückt Mutter Therese an sich. Als meinte sie Clara, denkt Philipp. »Dann wacht vielleicht doch ein guter Engel«, sagt sie und wischt sich mit dem Handrücken über die Augen.

Der Professor lächelt. »Wenn Sie es den Engeln zutrauen?«

»Auf alle Fälle haben wir Ihnen zu danken.« Vater ist aufgestanden, der Professor auch. Der hat es plötzlich eilig, da der Piepser in seiner Manteltasche losgeht. »Jeden Monat müssen wir uns sprechen«, sagt der Professor zu Mutter. »Und wenn's not tut, häufiger.«

Auf einmal, auf dem Weg zum Auto, fängt Mutter an zu reden wie ein Wasserfall. Dabei hält sie Therese an der Hand und schlenkert wie wild mit dem Arm. Sie lobt den Professor, daß er sich solche Mühe gemacht habe. Sie befiehlt Däd, sich für Clara soviel Zeit wie möglich zu nehmen. »Und für mich auch!« fügt sie hinzu. Sie denkt darüber nach, wie Clärchen mit einem Auge zurechtkommen wird. Sie hält es für eine Winzigkeit. »Wenn ich mir ausmale«, sagt sie, »woran sie noch leiden könnte, dann ist es wirklich eine Winzigkeit, dieses Äuglein!«

Vater faßt sie unter und drückt sie an sich.

Mutter bringt Clara am Nachmittag. In ihren Armen erscheint sie noch kleiner und murkeliger, als sie es ohnehin schon ist. Sie wird in das frische Bettchen gelegt.

Zu aller Verwunderung schläft Clara ohne aufzumucken ein. Auf Zehenspitzen schleichen sie sich aus dem Zimmer.

Mutter weiß nichts mit sich anzufangen. Sie rennt in der Wohnung herum, scheucht die Kinder. »Macht eure Aufgaben, stört mich nicht!«

Wobei sie nicht gestört werden will, läßt sie offen.

Paul erzählt im Garten, Gefechner und Pan Fant hören zu, wie Mama ihm erzählt hat, daß Clara auf einem Auge nichts sieht. »Aber das macht nichts«, beruhigt er Gefechner und Pan Fant, »denn die Clara wird lernen, mit einem Auge so toll zu gucken wie ich mit zweien.«

Gisela ruft an, und Mutter ist eine Weile abgelenkt.

Therese beginnt, auf dem Klavier zu üben.

Philipp ist schon auf dem Sprung, will sie daran hindern, aber dann bleibt er an seinem Schreibtisch sitzen. Clara muß sich daran gewöhnen, daß in unserer Schuhschachtel immer etwas los ist, denkt er.

Vater kommt früher als gewöhnlich aus der Redaktion – mit einem gewaltigen Rosenstrauß.

»Mir wird ganz anders.« Mutter gibt ihm einen Kuß und sucht nach einer passenden Vase.

Irgendwann beginnt Clara zu schreien.

Mutter wärmt die Flasche.

Vater und Therese stehen ratlos neben dem Bettchen.

Claras winziges Gesicht läuft vor lauter Anstrengung rot an.

»Ach, Clara.«

Mutter schiebt sie energisch zur Seite, nimmt Clara in die Arme, legt die Flasche prüfend an die Backe, setzt sich auf den Stuhl neben der Wickelkommode. Und Clara trinkt. Sie kann es. Vater ist erstaunt und befriedigt.

Zum Abendessen erscheint Eginhard. Er schafft es, was

Mutter ärgert, daß Vater sich mit ihm in sein Zimmer verzieht. »Es dauert nicht lang«, entschuldigt er sich mit schlechtem Gewissen.

»Jajaja.«

Warum, fragt sich Philipp, kann Däd nicht ein wenig mehr Rücksicht nehmen? Mama hat schon recht. Die Zeitung und Eginhard sind ihm ungeheuer wichtig.

Das widerlegt Vater an diesem Abend. Eginhard ist inzwischen gegangen. Paul schläft. Philipp und Therese putzen sich im Bad die Zähne. Erschrocken halten sie inne.

Clara schreit, sie schreit besonders kläglich. Als habe sie Schmerzen.

Mutter ist die erste am Bettchen. Philipp und Therese trauen sich nicht über die Türschwelle.

»Stefan, kannst du sie nicht mal nehmen?« Mutter stützt sich auf dem Bettchen ab und sackt richtig in sich zusammen.

Vater kommt gelaufen. Er nimmt Clara behutsam hoch. Sie verschwindet beinahe in seinen langen, verschränkten Armen. Seinen Oberkörper wiegend, geht er im Zimmer auf und ab. Clara läßt sich nicht so leicht beruhigen.

Mutter hat sich auf das Stühlchen neben der Kommode gesetzt und schaut zu. Philipp und Therese ebenso.

Vater konzentriert sich auf das verzerrte, klitzekleine Gesicht an seiner Brust. »Sie krampft«, sagt er leise.

Mutter nickt. »Der Professor meint, das sei nicht ungewöhnlich und gebe sich von selbst.«

»Wenn's so ist, Clara«, sagt Däd und wandert weiter durchs Zimmer. Auf einmal fängt er an:

»Ding dong dieberle…«

»Ding dong dieberle,
die Clara ist eine Hex.
Erst waren wir zu fünfen,
mit Clärchen sind wir sechs.«

Er sagt es ein zweites Mal. Weil ihm das nicht zu genügen scheint, singt er es dann. Erst leise, dann etwas lauter.

Clara verstummt, sie lauscht auf das Lied.

»Das kann nicht wahr sein!« Mutter ist aufgesprungen und geht neben den beiden her. »Ist dir das eben grade eingefallen?«

»Ja.«

Therese und Philipp klatschen in die Hände.

»Ruhe!« mahnt Däd.

Clara wird von Mutter und einem sehr stolzen Vater ins Bett gelegt.

»Gute Nacht.«

»Gute Nacht.«

Philipp liegt noch eine Weile wach. Clara gehört schon ganz zu uns, denkt er. Vielleicht sind wir doch eine richtige Familie. Oder wenigstens so was Ähnliches. Soll der Adam doch stänkern, wie er will.

Er horcht. Die Eltern unterhalten sich im Wohnzimmer. Das Fernsehen ist an. Clara rührt sich nicht. Die Schuhschachtel knistert.

Müde und erfüllt von diesem Tag dreht Philipp sich zur Wand.

Ein Dankeschön anstelle eines Nachwortes

Ihr möchtet natürlich wissen, wie es Clara inzwischen geht. Sie ist gewachsen, kräftig geworden, hat längst laufen und sprechen gelernt. Kurz und gut: Sie ist gesund und paßt haargenau in die Familie Scheurer. Daß sie nur auf einem Auge sieht – damit hat sie sich abfinden müssen. Sie weiß es ja nicht anders.

Diese Geschichte konnte ich nicht ohne eigene Erfahrungen schreiben. Aber ebenso hilfreich waren mir die Erfahrungen von Menschen, die mir nah sind, die ich gern habe. Ich danke also Sophie, Fabian, Friederike, Clemens, Mechthild, Käthe, Lotte, Gisela, Anna, Wolfgang. Jakob gilt mein besonderer Dank. Er hat Schabottmann und Gefechner ins Leben gerufen, die ich mir für die Länge dieses Buches »entlieh«.

Kinderbücher von Peter Härtling

SIZE
5 1/2